ゆまに書房

目次

注釈・解説　唐沢俊一

ふろく　ソルボンヌK子の貸本少女漫画劇場

装幀　山中冬児
カバー絵 さし絵　高木清
カバーマーク　ソルボンヌK子

人《ひと》食《く》いバラ
西《さい》条《じやう》八《や》十《そ》

人食《ひとく》いバラ

黒い大きな門

たのしいお正月のお休みも、そろそろおわろうとする七草《ななくさ》の晩《ばん》でした。ふりだしたつめたいみぞれにうたれながら、小さいかごをかかえて、町から町をさまよう少女。それは十五才の少女、加納英子《かのうえいこ》でした。かごの中には、わずかばかりの毛糸の玉がはいっています。

みなしごの英子は、しんせつな問屋《とんや》のおじさんが、とくべつやすく売ってくれる毛糸の玉を、あちこちのうちへ売りあるいて、そのわずかなもうけでくらしているのです。

今しがた、あるうちへ、

「ごめんください」

と、はいって行って、

「うるさいな。こじきとおし売りは、まっぴらだよ」

とどなられ、おまけに、犬にまでほえつかれた英子は、しみじみ悲しくなっていました。

ほかの子たちのように、おとうさんやおかあさんがいたら、こんなみぞれの中を歩くこともあるまいにと思うと、なみだがにじみでてきて、つい立ちどまってしまいました。

ここは、ちょうど四《よ》ツ辻《つじ》で、今までお店ばかりつづいていたにぎやかな通りが、きゅうに淋《さび》しいやしき町へかわろうとするところでした。

どこからか、百人一首のかるたを読む声がきこえ、たのしそうな笑い声がながれてきます。

どっちへ行こうかとまよったあげく、英子は思いきって、右手のくらい通りへはいりました。もうこんなに日がくれては、商売もできないから、電車でうちへ帰ろう。それには、このほうが近道らしく思われたからです。

大きなおやしきがならんでいるその横町《よこちょう》を、英子がトボトボあるいて行くと、その中でも、とくべつ大きな門がまえのうちが目につきました。そのまっ黒な門は、ぴたりとしまって、まるでお城の門のように高くそびえているのです。そして、門のむこうに、とてもひろそうなそのうちの屋根が、つみかさなって見えていました。

「まあ、ずいぶん大きなうち。どんな人がすんでるんだろうか。よっぽどお金もちの人にちがいない」

英子はそう思って、立ちどまって、その門をながめていました。

ところがどうでしょう。いきなりその門があいたのです。今までしまっていたその黒い門が、スル

スルとあいて、中からりっぱな洋服をきた、わかい男がでてきました。そして、

「さあ、どうぞおはいりください」

と、ていねいに頭をさげるのです。英子はびっくりしました。思わずとびのきながら、

「いいえ、わたし、ただ見てただけですわ。呼鈴《よびりん》なんかおしやしませんわ」

と、あわててわびるようにしました。

「いいえ、けっこうです。どうぞ、おはいりください」

わかい男は、もういっぺん頭をさげるのでした。

「あの、ここ、どなたのおうちなんですの」

英子が思いきってきいてみました。

「主人は、元男爵《もとだんしゃく》の向井三郎《むかいさぶろう》です。ごしんぱいはいりません。さあ、おはいりください」

英子は、なんだか頭がへんになってきました。

(わたしはみすぼらしい毛糸売りのむすめ。それをこの人はちっともけいべつしないで、こんなに頭をさげている。こんなりっぱなおやしきへ、ぜひ入れという。どうもおかしい。*この人、頭がくるってるのじゃないかしら)

「ええ、ありがとうございます。でも、わたし、このおうちのかた、だれも知りませんし、用もない

んです。ただ、あんまり大きなおやしきだから見てただけなんです」

英子が気のどくそうにおじぎをして歩きだすと、そのわかい男がおいかけてきました。

「おじょうさん。それは困《こま》ります。あなたが入ってくださらないと、わたしが、主人からしかられます。ちょっとでいいんです。ちょっと入ってください」

と、たのむのです。英子はだんだん気味《きみ》がわるくなってきました。そこで、

「いやですわ。わたし、知らないうちへなんか入るのは、いや。ごめんなさい」

といって、大いそぎでかけだそうとしたとき、

「多田《ただ》さん」

と、声をかけて、こんどは女の人のかげが門からでてきました。それは四十ぐらいの、きちんとした女中頭《じょちゅうがしら》のような人で、近よると英子の顔を見て、にっこり笑って、

「おじょうさん。どうぞお入りください。このとおりわたくしもおります。けっして心配になるようなうちではありません」

と、やさしくすすめるのでした。女の人がでてきたので英子はいくらか安心しました。

そして、その人の品《ひん》のいい顔を見ているうちに、気もちがかわりました。そんなにすすめるのなら、どんな用か、入ってみようかという気になりました。それでも念をおして、

「あの、わたしにご用があるのですね。人まちがいじゃないんですね」

ときくと、奥女中《おくじょちゅう》のような人は、もういっぺんにっこりして、

「だんなさまが、あなたにお会いしたいと申しているのです」

とこたえました。

「では、どういうご用かしりませんけど行きましょう」

英子が思いきって承知《しょうち》すると、わかい男の顔にも、女中《じょちゅう》の顔にも、ほっと安心したような色がうかびました。

英子が、その女中《じょちゅう》とわかい男にあんないされて門のなかへはいり、りっぱな道を通っていくと、つきあたりに大きなげんかん。そこをあがると長いろうか。やがて、おくの洋間のドアの前へきました。中で二、三人の人のはなし声がきこえます。と、女中《じょちゅう》はどこへかいなくなり、わかい男がドアの中へはいって行きましたが、まもなくでてきて、

「さあ、どうぞ」

と、英子をあんないしました。

英子が見たそのへやの中のようす。

それは、十二じょうぐらいの広さのりっぱなへやで、壁にとりつけた大きなストーブが、いきおい

よくもえ、あたりには、せいの高い本だなだの、*きれいな油絵のがくだの、からかねのりっぱな彫《ちょう》刻《こく》だのが、美術館のようにかざられ、床には足がうずまりそうな、あついすばらしいじゅうたんがしいてありました。

そのすみの、王さまでも使いそうな大きなベッドの上に、ひとりの品《ひん》のいいおじいさんがねていて、まくらもとにふたりの男の人がこしかけて話をしていました。

「やあ、いらっしゃい。どうぞ、そのいすにかけてください」

と、英子を見て、まっ先に声をかけたのは、黒い洋服をきてひげをはやした、五十ぐらいの、*見るからにお医者らしい人でした。もうひとりはずっとわかい、メガネをかけた学者のような人でしたが、これはだまってじっと英子を見ていました。

英子がモジモジしながら、いすにおちつくと、さっきの女中《じょちゅう》が、レモン紅茶で菓子《かし》をみんなにはこんできました。英子はすすめられて、そのショートケーキのようなお菓子《かし》を、ほおばりましたが、ちょうどおなかがすいていたので、とてもおいしく、あまみがおなかのすみずみに、ジーンとしみるようでした。

そのあいだ、ベッドのおじいさんは、*白い長いあごひげを、右手でしごきながら、じっと英子のようすをながめていましたが、みんながお菓子《かし》をたべおわると、そのお医者のような人にむかい、

「では先生。あなたからお話をどうぞ」

と、さいそくしました。

「ええ。おじょうさん。だしぬけにこんなところへきていただいて、さぞ、びっくりなさったでしょうが……」

と、その人は英子のほうにむきながら、

「まず、わたしたちがどんな人間か、ごしょうかいします。そこのベッドにいらっしゃるのが、このやしきのご主人の向井元男爵《もとだんしゃく》。わたしのとなりにいられるのは、弁護士の相良潔《さがらきよし》さん。わたしは大《おお》川重信《かわしげのぶ》という医者です。ところで、しつれいながらあなたのお名まえは？」

「わたくし、加納英子です」

「お年は」

「十五」

「どこに、だれとすんで、今なにをしていらっしゃる」

「わたくし、父も母もなく、知りあいのおばさんのところにおいてもらって、こんなものを売っていますの」

と英子が答えて、ひざの上の毛糸のかごを見せました。とたんに、てんじょうからさがった金色のりっぱなシャンデリアにてらされたじぶんの、みすぼらしい洋服すがたが、はずかしくなり、ぱっと顔を赤くしました。

「そうですか。それでは、ずいぶんさみしく、苦労もなさっているのですな」

と、お医者は同情したようにため息をつき、

「ありがとう。それであなたのご身分はわかりました。こんどはわたしのほうの用件をお話《はなし》しましょう。これはたいへんきみょうな話で、あなたが、すぐよろこんでしょうちしてくださるかどうか、じつは心配なのですが、ぜひ、しょうちしていただきたいのです」

つめたい握手

お医者がここで、おもおもしくことばをきり、もう一ぺん英子《えいこ》の顔をじろじろ見たので、英子は、いったいどんな用事なのだろうと、すこし胸がどきどきしました。見ると、ベッドの上の男爵《だんしゃく》の目も、わかい弁護士の目も、熱心にじぶんのほうを見ているのです。

「まったく、きみょうな話なのですが……」

と、お医者はくりかえしていって、

「じつはここにおられる元男爵《もとだんしゃく》は、お気のどくに、肝臓《かんぞう》ガンというとてもおもい病気にかかってい

られるのです。そして、どんなに治療《ちりょう》しても、もういのちは、ここ一月《ひとつき》ももちません。それで、男爵《だんしゃく》には、おくさんもお子さんもないのです」

英子はハッとして、ベッドの上のおじいさんを見ました。年よりといっても、まだ六十にもならない、銀色の髪の毛、銀色のひげの、いかにも上品な顔をした人です。

外国人の着るような、しゃれたガウンをきて、横になってこちらを見ているのですが、せいも高く、体格もりっぱ。そうひどい病人とは見えません。

しかしこの人に、そんなに早く死が近づいているのかと思うと、英子は気のどくで、もう見ていられないきもちになりました。

「ところで、男爵《だんしゃく》はたいへんなお金もちでいらっしゃいます。りっぱなおやしきも、別荘も、地所《じしょ》も、それから銀行にあずけてあるお金も、かぞえきれないほどです。

それで、死なれる前には、それをだれかにゆずらなければなりません。ところがさしあたり、それをゆずりたい人が見あたらないのです。それで男爵《だんしゃく》は、*きみょうなことを思いつかれました。

それは、このお正月の*七草《ななくさ》の日の、夜七時きっちりに、このおやしきの門の正面に立った人。それは、どこのどんな人でもいい。その人にじぶんの財産をのこらずゆずろうと、けっしんされたのです。

それで今夜、わたしはこうしてここにあつまり、門のすぐうしろに、見はりを立たせてまっていま

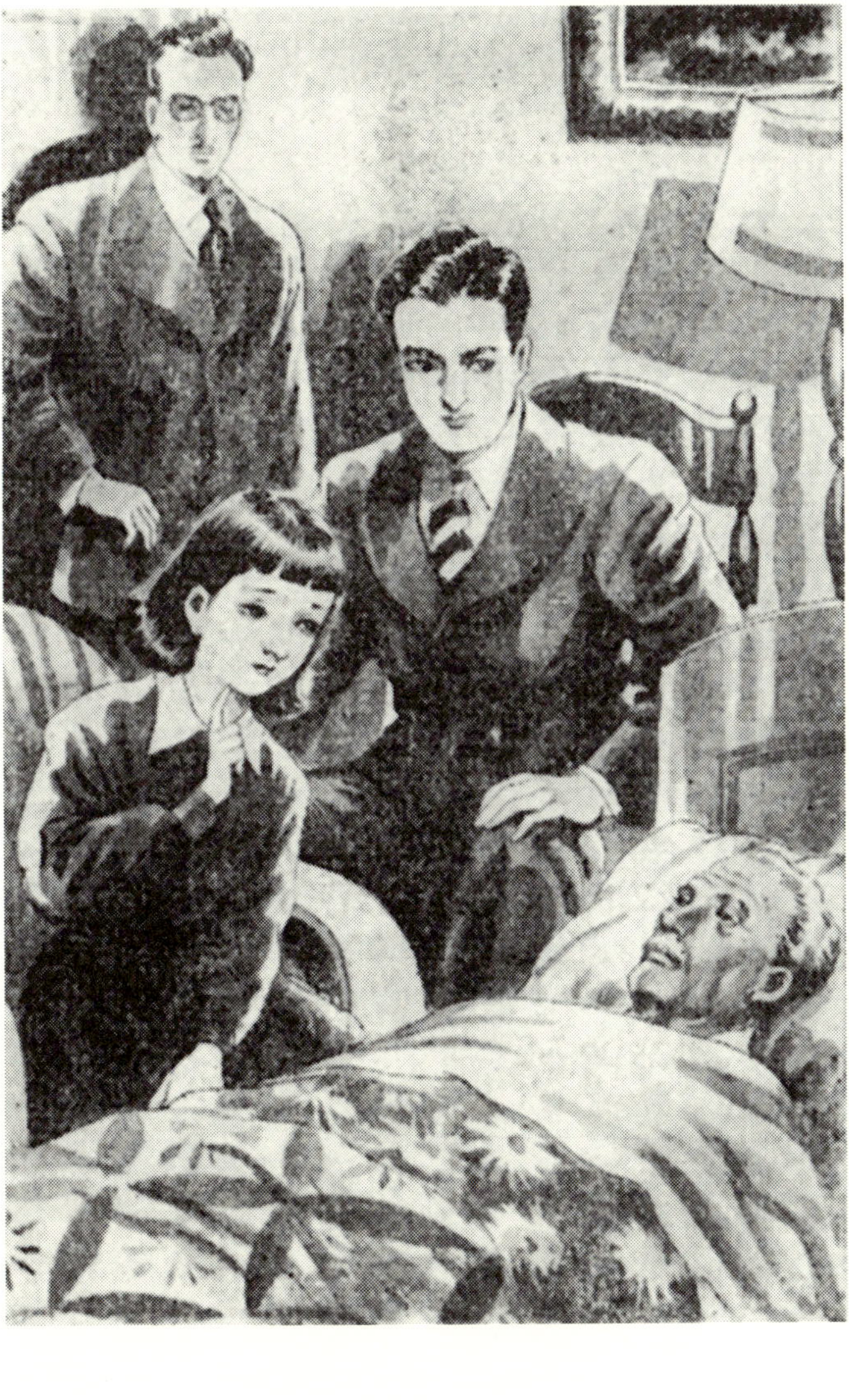

した。ところが、そこへあなたがいらしったのです。ちょうど午後七時きっちりに、あなたが門の前にお立ちになったのです」

大川《おおかわ》医師は、ここでまたことばをきりました。

そして、話をきいた英子が、どんな顔つきをするかしらべるように、じっと見つめました。

向井《むかい》元男爵《もとだんしゃく》も相良《さがら》弁護士も、だまって英子の顔を見ています。

ひろいやしきの中はシーンとして、ただ、窓ガラスにあたるみぞれの音だけが、しずかにきこえています。

英子は、あんまりふしぎな話なので、ただもうびっくりしてしまいました。だしぬけによばれて、知らないうちに入ってきたのが、もう夢みたいなのに、そのうえにまた、こんな夢のような話をきかされて、気がボーッとしてしまいました。だまって、そのきれいな大きな目を、パチクリさせているだけでした。

「そこでお話は、こういうことになります。あなたはこの男爵《だんしゃく》の財産を、のこらずもらうことをしょうちしてくださるかどうか。もちろん、しょうちしてくださるでしょうね。いや、きめたいじょう、ぜひ、しょうちくださるよう、わたしたちからお願いします」

大川医師のことばが、ぼんやりしている英子の耳に、遠いこだまのようにひびきました。英子の顔は、すっかりこうふんしてまっ赤《か》になってしまいました。あまりのおどろきに、小さい頭のなかには、いろんな考えが、パチパチと火花のようにうずまいていました。

（これはたいへんだ。この大きなおやしきの財産が、みんなわたしのものになる。*このびんぼうな毛糸売りのみなしごむすめが、ひとっ飛びに男爵《だんしゃく》のお姫さまになるのだ。*きれいな服をきて、きれいな部屋にすんで、きれいな自動車にのって、なにして遊ぶのも自由……）

そう考えると、うれしさでからだがスウッと床からうかびあがって、頭がふらふら貧血《ひんけつ》して、たおれそうになりました。

と、そのそばから、またべつの考えがもくもくと頭をもちあげてきました。

（いや、これはうそだ。うそにちがいない。こんなうまい話があるものか。まるで知らないむすめに、そんなたくさんの財産をただでくれるなんて。これはきっと*だまかしだ。*この人たちは、なにかのためにいたずらをして、わたしをだまそうとしているのにちがいない。あぶない。これは用心しなけりゃ）

りこうな英子は、一生けんめいこうふんする自分をおさえました。

そして、どうこたえていいかわからないので、だまってうつむいていると、こんどはベッドの上の向井元男爵《もとだんしゃく》が、しずかに声をかけました。

「加納《かのう》さん。どうです。このかわいそうな年よりのたのみじゃ。ぜひしょうちをしてくださらんかな」

「はい。でも、あんまりだしぬけで、しあわせすぎて、まるで童話*みたいですわ。わたしのような貧《びん》乏《ぼう》なむすめが、きゅうにしあわせになるなんて……」

とうとう英子は、こう叫《さけ》んでしまいました。

「いや。あなたがその貧乏《びんぼう》なむすめだからいいのじゃ。さんざん苦労した人だからいいのじゃ。そういう人ほど、しあわせになる資格があるのじゃ。そんな人に財産をゆずることは、わたしとしてもうれしい。ではとにかく、しょうちしてくださるのじゃな。このかわいそうな年よりのねがいをきいてくださるのじゃな」

向井元男爵《もとだんしゃく》のしずかな声の中には、ことわりきれないつよい力がこもっていました。

そして、自分の見つめるその目には、なんともいえないやさしい光がかがやいているので、英子もついだまってうなずいてしまいました。

と、男爵《だんしゃく》はすぐにわかい弁護士にむかい、

「ありがたい。加納さんがしょうちしてくださった。さっそく書類をここへ」

というと、弁護士はカバンの中から、ひとつづりの紙をだしました。

それは、もうちゃんと用意がしてあったらしく、こまかく字が書いてあって、英子の名まえを書きいれるところだけが白くあいていました。

「いいですか。よく読んでごらんなさい。あなたにあげる男爵《だんしゃく》の財産の目録《もくろく》が、みんなそこに書いてあります。男爵《だんしゃく》が自分で名を書いて、実印《じついん》をおされてあります。わたしがここに、あなたの名さえ書きいれれば、もうそれで、男爵《だんしゃく》がなくなられたあとのこのうちの財産は、のこらずあなたのものになるのです」

相良弁護士はやさしくいって、さっさと英子の名を書きこんでくれました。

「さあ、これで手つづきはのこらずすんだ。こんなかわいらしいむすめに財産をゆずって、わたしも安心して死ぬことができる。加納さん、ありがとう。大川、相良の両先生もごくろうさまでした」

元男爵はうれしそうにいって、ベッドの上から右手を長く英子のほうにのばし、おめでとうと握手《あくしゅ》をしました。そして、

「加納さん。こういうかわった遺言《ゆいごん》をするのには、ふたりの先生がいるのじゃよ。ひとりはわたしが気ちがいでないことを証明するお医者さんと、ただしい手つづきをしてくれる弁護士さん。それで、このふたりをお友だちに、今夜きてもらったのじゃよ。こうしておけば、もうあんたの財産には、だれひとりゆびをさすこともできない。アッハッハッハ」

と、うれしそうに笑ったとき、男爵《だんしゃく》のねているベッドのあたまのほうで、ガチャリとかすかな音がしました。

英子がそのほうを見ると、そのおくに、今まで気がつかなかったドアがあって、それをあけて、ひとりの少女がすっとはいってきました。

それは英子より一つ二つぐらいの年上の、びっくりするほど美しい少女で、最新流行のスタイルの、すばらしいグリーンのドレスをきていました。きれいにカールした髪かたちといい、おけしょうといい、すらりとしたせかっこうといい、まるで外国映画の麗人《れいじん》がぬけだしてきたようです。

「あ、はるみ。いつ帰ってきたんだ。おまえ、音楽会へ行ったんじゃなかったのか」

元男爵《もとだんしゃく》がおどろいたように叫《さけ》びました。

「とちゅうまで行ったんだけど、もどってきたのよ」

と、美しい少女はこたえながら近よってきて、まずさいしょに、英子の顔をあなのあくほど見つめました。

それから、大川医師、相良弁護士の顔を、つぎつぎに見まわしたあとで、

「あんたがた、とうとう計画を実行したのね。もうなにもかも、すませてしまったのね」

と、なげだすようにいいました。元男爵《もとだんしゃく》も、医者も弁護士も、だまりこんでしまいました。

「そうすると、このおじょうさんが、向井家の財産を、のこらずもらうわけね。まあ、しあわせな人だこと。おめでとう。わたし、このおじさんの、たったひとりのめいのはるみよ。それなのにおじさ

んは、わたしに一銭《いっせん》の財産もゆずらずに、みんなあなたにあげたのよ。でも、わたし、あなたをうらまないわ」

少女はこういってにっこり笑いながら手をさしのべました。英子はだまって、その手をにぎりしめましたが、その手はひどくつめたく、まるでヘビにさわったような気がして、思わずきみわるさに、ぞっとしました。

あやしい自動車

「では、これで話はきまりました。あとのくわしい相談は、むこうの部屋でしましょう。加納英子《かのうえいこ》さん、どうぞこちらへ」

はるみと英子《えいこ》の握手《あくしゅ》がすんだのを見ると、相良《さがら》弁護士がこういって、さきにろうかへでました。英子は、男爵《だんしゃく》とお医者とはるみにおじぎをして、すなおにそのあとについて行きました。

相良弁護士が、こんど英子をつれていった部屋は、三方のかべに本のぎっしりつまったたなのある、書斎《しょさい》のようなところでしたが、テーブルをはさんでむかいあいになると、弁護士がしずかにいいだしました。

「英子さん。あなたは今、男爵《だんしゃく》のめいのはるみさんの話をきいて、どんなきもちがなさいましたか。

男爵《だんしゃく》はたったひとりのめいに、一銭《いっせん》のお金ものこさない、とても無慈悲《むじひ》な人のように見えますが、あれはうそです。向井元男爵《むかいもとだんしゃく》は、けっしてそんな悪いかたではありません。かえって男爵《だんしゃく》は、あのはるみさんを自分のむすめのように、かわいがっていたのです。が、はるみさんがあんまりごうじょうで、勝気《かちき》で、男爵《だんしゃく》のいいつけを、きかないものだから、こんなことになってしまったのです。

そのほか、あのはるみさんには、わたしがここでいいたくないような、おそろしい病気があって、どうしてもこの男爵家《だんしゃくけ》のあとつぎにはむかないのです。そのうえ、はるみさんのおかあさんという人が、たいへんなむだづかいやで、男爵《だんしゃく》の気にいらないのです。

つまり、はるみさんは男爵《だんしゃく》の弟さんのひとりっ子で、その弟さんが死んで、今はよくばりのおかあさんとふたりで暮しているのですよ。しかもふたりは、男爵《だんしゃく》からお金をもらう必要もないほど、ぜいたくにくらしているのですよ。ねえ、英子さん、そんなわけですから、今、はるみさんのいったことは、どうぞ気にならないでください」

英子はテーブルの上におかれた電気スタンドの、赤い花がさのかげで、じっと相良弁護士の顔を見つめて、この話をきいていました。

まだ三十にもならないこの弁護士は、髪が黒く、色が白く、はなが高く、じょうひんな人でした。みなしごの英子は、なんだかやさしいおにいさんから、お話をきいているような気がしました。さっき、はるみの話をきいたときには、なんだか、はるみさんの財産を、自分が横どりしたような、とてもいやな気もちになったのでしたが、＊その気もちがだんだんほがらかになって、弁護士の話がおわると、

「はい、よくわかりました」

と、すなおに頭をさげました。すると、相良弁護士はこんどはカバンをあけて、中から一まいの小さい紙をとりだし、それをテーブルの上においていうのでした。

「英子さん。あなたが向井元男爵家《もとだんしゃくけ》のあとつぎになることがきまりましたので、今月からあなたにおこづかいをさしあげます。

＊おこづかいは、一月《ひとつき》十万円です。すくないでしょうががまんなさってください。それで、きょう、二カ月分として二十万円さしあげます。ほんとうはお金であげたいのですが、もう夜で不用心《ぶようじん》ですから小切手でさしあげます。あしたの朝、これを銀行にもっていけば、すぐお金になります。さあ、どうぞおしまいください」

これをきくと、英子はまたボーッとして、夢を見ているような気になってしまいました。

「まあ、一月のおこづかいが十万円！　わたし、それでなにを買ったらいいんだろう。おかしを買ったって、きものを買ったって、そんなにたくさんのお金、使いきれやしない」

そう思った英子は、思わずまっ赤《か》になって、

「先生、いいんです、いいんですよ。そんなにたくさんお金をもらっても、わたし、どうして使っていいかわかりませんから」

とことわりました。相良弁護士は、やさしい目でじっと英子を見て、

「まあ、そういわず、とっておきなさい。いらなかったら、銀行へあずけておけばいいじゃありませんか。そのうちに、また買いたいものがでてきますよ」

と、しんせつにいってくれました。そのうえに、むりにその紙を英子の手のひらにおしつけたので、英子もとうとうおじぎをして、その小切手をポケットにしまいました。

「さあ、これでわたしのおつとめはすんだ。あなたもおそくなるといけないから、すぐお帰りなさい。今、自動車をよんで送らせます」

弁護士は、ほっとしたようにいいました。英子は、

「わたし、自動車なんかいりません。あるいて帰ります。じきそこに、都電《とでん》の停留所《ていりゅうじょ》がありますから」

とことわりました。

まもなく英子は、向井家の門をでました。このとき、時刻はもう九時をすぎ、さびしい横町《よこちょう》は、

さっきよりもなおさびしく、人っ子ひとりとおらず、犬のなき声だけがあちこちできこえていました。

あいにく、晩《ばん》ご飯《はん》をたべないうちに、向井家へよばれてしまったので、おなかはすいてるし、おまけに、二十万円のだいじな小切手をもっているので、英子は早く電車の停留所《ていりゅうじょ》へつきたいと思って、せかせかあるきだしました。

すると、二十メートルもあるかないうちに、思いがけないことがおこりました。それは、ヘッドライトを目玉のように光らせた、大きな自動車が、ものすごい速力ではしってきたのです。

せまい横町《よこちょう》ですから、英子はあぶないと思って、いそいでからだを右がわによせました。ところがどうしたのか、自動車はこんどは、わざと右がわのほうをはしってきます。

「あっ、あぶない」

と思って、英子はぴったりからだを右がわのへいによせました。それでも自動車は、英子にぶつかるようにつきすすんできました。

ああ、このとき英子の頭が、すばやく働かなかったら、もうにげるひまもなく、おそろしい車の下にひかれてしまったでしょう。

だが、このとき英子の目には、ふと右がわのへいの、すこしさきにあった門が見えました。その門

＊注

の前には、往来《おうらい》からいくぶんへこんだ石だたみがあるのです。

それで英子は、さっと身をおどらせて、その石だたみの上へとびました。

英子がとんだのと、自動車が英子にぶつかったのと、ほとんど同時でした。ドシンとからだをぶたれて、英子は思わず石だたみの上にころげましたが、自動車は、それなりとおりすぎてしまいました。

ああ、なんというあぶないこと。英子がいたさをこらえておきあがると、自分のほおからは血が流れ、からだは自動車にぶつかられて、しびれたようになっていました。きている服は、ずたずたにちぎれていました。

「まあ、ひどい自動車。でも、よかった、助かってよかった」

英子はまっ青《さお》な顔で、こうつぶやきました。とたんに、ちらりと見た今の自動車の中のようすが胸にうかびました。

たしかにそれは、自分とおない年くらいのわかいむすめのきていた洋服に、見おぼえがあるような気がしました。しかし、それがだれだったかは、どうしても思いだせませんでした。

(ああ、こわかった。たしかに今の自動車は、わたしをひき殺すつもりで走ってきたのだ。そうでなければ、あんなにわたしをおいまわすわけがない。でも、だれが、なんで、わたしを殺そうとしたのだろう)

そう考えて、英子はおそろしさに身をふるわせながら、びっこをひきひき停留所《ていりゅうじょ》へいそぎました。

ふしぎな病気

「ママ、ただいま」

こう、げんきよく声をかけたのは、春美《はるみ》でした。ここは、さっき英子とあった美しい少女はるみと、その母親の荒子《あらこ》とが暮しているやしき。そう大きくはないが、なかなかりっぱな家です。母の荒子はこたつにあたって、汽車の時間表を見ていましたが、おどろいたようにむすめをながめ、

「あら、もう帰ってきたの。あんた十日すぎまでいるといってたじゃないの」

「そうよ。でも、おじさんのとこ、だんだんきらいになって、もういるのがいやになったから帰ってきたわ」

「そう。それならそれでもいいわ。わたし、今あなたとふたりで旅行しようと、汽車の時間をしらべていたのよ。ねえ、はるみ、こういう旅行はどう。東京《とうきょう》をでて熱海《あたみ》の温泉に二、三日とまり、それから大阪《おおさか》へ行き、京都《きょうと》や神戸《こうべ》で遊んで、買いたいものをどっさり買ってから、汽船《きせん》で瀬戸内海《せとないかい》を渡るの。そしてこんどは、別府《べっぷ》の温泉であきるまで遊び、帰りは福岡《ふくおか》からスウッと飛行機で東京《とうきょう》へ帰ってくるのよ。ねえ、おもしろい旅行じゃない？　これならあなたいっしょに行くでしょ」

さもたのしそうにこういう母親の顔を、はるみはポカンと見ていましたが、やがて、つめたい声で、

「いいわね。けっこうな旅行ね。もちろん、つれてっていただくわ。でも、そんなお金どこにあるの」

「どこにあるって、ほら、もうじきわたしたちは、たいへんなお金もちになるじゃないか」

「どうして」

「どうしてって、おまえ、へんな子だね。ほら、向井《むかい》のおじさんは、もう一月《ひとつき》たらずのうちに死ぬって、お医者さんがいっているそうじゃないか。そうすれば、のこった財産をもらうのは、おまえにきまってる。だからわたしたちは、もうすぐにお金もちになるのだから、こんな旅行くらいしたって、なんでもないじゃないか」

はるみはゆびにはめた、大きいサファイヤのゆびわをいじりながら、母親の話をきいていましたが、いきなり、ホホホと笑いだすと、はきだすようにいいました。

「まあ、ママののんきにもあきれたわ。向井のおじさんの財産なんて、もう一銭《いっせん》ものこっちゃいないわよ。もう、ちゃんとよその人にやる約束ができてるわよ」

「えっ」

荒子の顔がまっ青《さお》になりました。思わずこたつの上に身をのりだして、右手ではるみの服のそでをつかむと、

「はるみ、それはほんとうかい。そんなこと、うそだろう。おまえ、ママをからかっているんだろう。え、いっておくれ。早くほんとのことをいっておくれ」

「ほんとうですとも。しかも、ゆうべ、わたしがちゃんと見てたのよ。

向井のおじさんは、加納英子《かのうえいこ》という、まるでわたしたちが見たことも、きいたこともないびんぼうむすめに、財産をのこらずやる約束したのよ。それもお医者の大川《おおかわ》さんや、弁護士の相良《さがら》さんをよんで、ちゃんと証文《しょうもん》をつくってしまったのよ。

だから、おじさんが死んだって、わたしたちは一銭《いっせん》の財産だってもらえないわ」

「まあ、あきれた。どうしてあの人は、そんな気ちがいじみたことをしたんだろ。ねえ、はるみ、これにはきっとわけがあるだろう。おまえが、よっぽどおじさんのきげんをわるくしたことがあるのだろう。さあ、お話《はな》し。わたしはもう、びっくりして声もでないよ」

荒子はよっぽどがっかりしたらしく、きゅうに十年も年とったような顔になりました。

しかし、はるみのほうはへいきで、そのぱっちりした美しい目を大きく見はり、

「ええ、わけはいろいろあるわよ。でも、もうきまってしまったこと、いくら泣いてさわいだって、しょうがないわ。第一におじさまは、このごろだんだんわたしがおきらいになったのよ。それはわたしがごうじょうで、おじさまのいうことをきかないからよ。頭の毛、切っちゃいけないというのに、

へいきできったり、遊びに行っちゃいけないというところへ、かまわずにどんどん行ったりしたからよ。

それからもう一つは、おじさま、このごろわたしのあの病気に気がついたのよ」

「えっ、あの病気に……」

「そうよ。虫だの鳥だの、けだものだの、ふだんかわいがっている生きものを、きゅうにいじめたくなったり、ころしたくなったりするわたしの病気よ。わたし、このあいだ、おじさまがかわいがっているカナリヤとフォックステリヤのかわいい子犬を、いじめて、とうとう殺しちゃったの」

「まあ、たった十二、三日いるあいだに……?」

「そうよ。ママにいつもいわれていたから、おじさんのうちでは、あの病気だすまいと思っていたけど、ついふらふらとでてしまったの。それでおじさま、すっかりわたしがきらいになってしまったのだと思うわ」

「まあ、それだけはつつしんでくれればよかったのに。もうすこしのあいだ、おとなしくしていれば、あの財産をみんなもらえたのに。そして、ママもしあわせになれたのに。おまえはまあ、なんて子なんだろう」

荒子はすっかりしょげて、こたつの上に顔をふせたなり、泣きだしてしまいました。

「まあ、ママったら泣いてらっしゃるの。およしなさいよ。泣くのはまだ早いわ。だって向井のおじさまは、まだ死んではいないのよ。死ななけりゃ、おじさまの財産は、あの英子ってむすめのものになりゃしないのよ」

はるみはなぐさめるように声をかけて、

「それは、わたしだってしゃくにさわったわ。へいきでそのむすめと握手《あくしゅ》してわかれたけれど、そのあとで、にくらしくて、にくらしくてたまらなくなったの。そうしたら、なんだか頭がのぼせたようになり、きゅうにまた、わるい病気がでて、いきなり外へとびだしたの」

「えっ、それでおまえは、いったいどうしたの」

荒子が、しんぱいそうに顔をあげてききました。

「気がつくと、わたし、いつのまにか近所の自動車屋へ行って、自動車をかりて、自分で運転してたの。そして、くらい横町《よこちょう》*をはしってくると、むこうからあるいてくるむすめが見えるの。見ると、それが加納英子じゃないの。はっと思ったとたんに、しらずしらずに、わたしの自動車は英子をおいかけている。そのうちにげそこなって、英子がどこかのへいにぴったりくっついたところへ、わたしの自動車は、ぶつかっていったの。

でも、あの人は運よくひかれなかった。どこか、くぼんだところへころげて、すこしはけがをしたようだったわ。それを見て、わたしははじめて、ああ、おそろしいことをしたと、気がついたの。そしたら大いそぎでにげていたの」

「まあ、なんておそろしいことをするのだろう。でも、まさかおまえは自分のすがたを、その英子ってむすめに見られやしなかったろうね。車の運転手がおまえだったとは、むこうは、まさか知らないだろうね」

「だいじょうぶよ。車の中はくらいし、むこうはあわてているし、だいじょうぶ、気がつきっこはないけど」

「でも、そんなことは、おそろしいことだよ。おまえの病気が、カナリヤを殺したり、犬をころしたりしているうちは、まだいいけれど、人間をころすようになったらたいへんですよ。ねえ、はるみ、おねがいだから、その病気だけはなおしておくれ。

今までは、わたしがかくしてきたけど、そうひどくなると、いつかは気ちがい病院へいれなければならなくなるよ。そんなことになったら、このママはどんなにかなしいだろう。ねえ、どうかもう、そのわるい病気だけはださないようにしておくれ」

母親の荒子はおどろいて、もうさっきのよくばりも、すっかりわすれてしまったようでした。

「だいじょうぶ。わたし、*気をつけてこの病気なおすようにするわ。よく考えてみれば、その英子ってむすめ、とてもおとなしそうで、かわいい子だったわ。

わたし、どうして、あんな子をころしたくなったのか、自分でもわからないわ。そうそう、これからあの子と仲《なか》よしになろう。ちょうど、所番地《ところばんち》きいて書いておいたから手紙だすわ」

なんてかわった少女なのでしょう。はるみはこういうと、さっそくこたつの上で、英子に手紙を書きはじめました。

「ねえ、はるみ。病気さえなければ、おまえは、そんなふうにほんとうにやさしい子なんだけどねえ」

母親の荒子は、レターペーパーに万年筆をはしらせている、はるみの美しい横顔を見ながら、

「でも、はるみ。手紙を書くのはいいけれど、さっき、あなたを自動車でひきころそうとしたのは、わたしでしたなんて、書いちゃいけないよ」

心配そうにちゅういしました。

「そんなこと、書くもんですか。そのかわり、わたしはそれのおわびに、このサファイヤの指輪を、小包《こづつ》みにしてあの子におくるわ。そして、向井家のあとつぎになったおいわいと書いておくわ」

と、はるみは答えて、自分の手の指輪をぬきとり、ぽんと、きまえよくこたつの上におきました。

幸福の夜

「まあ、どうしたんです。その顔と洋服は」

下宿《げしゅく》のおばさんは、帰ってきた英子《えいこ》を見るなり、びっくりした大きな声をあげました。きずだらけの顔、ずたずたにきれた洋服。おまけに英子は、売りもののかごさえ、なくなして持っていませんでした。

「ええ。ちょっと自動車にぶつかられたのよ。たいしたことないのよ」

「まあ、あぶない」

芳《よし》おばさんは目を見はって、

「たいしたことないなんて、英子ちゃん、その洋服、もう修繕《しゅうぜん》できませんよ。新しく買うのにはたいへんですよ」

「ありがとう、おばさん、心配してくださって。でも、わたし、もうきょうから洋服でも、なんでも買えるのよ。ほら、こんなにお金もちになったの」

英子は、いきなり相良《さがら》弁護士からもらった小切手を、芳おばさんの目の前につきだしました。

「えっ、二十万円、まあ、英子ちゃん、これ、ほんものの小切手ですか」

「そうよ。ほんものよ。ちゃんとわたしの名まえも書いてあるじゃないの」

「まあ、どこから、こんなお金を。英子ちゃん、もらったんですか」

「それは、あとでゆっくり話すわよ。とにかく、わたしは今夜からお金もちになったのよ。あしたの朝、この小切手を銀行にもってってお金にしたら、おばさんに、二月たまってる下宿代《げしゅくだい》もかえし、それからおこづかいもあげるわ。だが、それよりも大いそぎで、なにか食べさせてちょうだい。わたし、おなか、ペコペコなのよ」

「はいはい。すぐごはんにします。でも、英子ちゃん。今の話、ほんとですか。わたし、なんだかキツネにばかされてるみたいだ」

芳おばさんはめんくらって、お勝手へとんで行きました。やがて、ごはんがすむと、英子は、なぜ自分がきゅうにお金もちになったか、今夜のできごとのあらましを、おばさんに話してきかせました。

おばさんには、そんなふしぎな話が信じられないらしく、くびをふって、

「英子ちゃん、これはどうもおかしい話ですよ。きっと、あなたは今夜、キツネにばかされたんですよ。見ててごらんなさい。この小切手の紙が、あすの朝になると、木の葉にばけていますよ」

というのでした。

しかし、よく朝おきるとすぐ、銀行へいった芳おばさんは、帰るなり、げんかんで大声をあげまし

た。

「たいへん、たいへん、英子ちゃん、ほんとでしたよ。銀行でこんなにお札《さつ》をくれましたよ」

おばさんは、ふろしきの中からとりだしたあつい千円札のたばを二つ、英子の前にならべました。

その顔はこうふんで赤くなり、息をぜいぜいいわせていました。

「ところで、おばさん。わたし、どうしましょう。こんなにたくさんのお金もらって。かわいそうな孤児院《こじいん》へでも、半分きふしようかしらん」

と、英子がお札《さつ》を見ながらいうと、

「とんでもない。英子ちゃん、それはあとのことですよ」

芳おばさんは手をふって、

「あなたはみなし児《こ》で、貧乏《びんぼう》で、ろくな着物も、住むうちもないじゃありませんか。第一に、これで人なみの着物や、クツや、そのほかほしいものを買うことですよ。それから、もうすこしお金がたまったら、どこかに自分のうちを買うか、たてることです。きふなどはそのあとでいくらでもできます」

と忠告《ちゅうこく》しました。

「そうかしら。それでは、きょうはおいわいにこのお金もって、おばさんとデパートへでも行きましょうか」

「まあ、うれしい。わたし、よろこんでおともしますわ。でも、英子ちゃん。こんなにたくさんお金もって出て、すりにでもとられたらたいへん。二万円ぐらいのこして、あとは行きがけに、また銀行へあずけましょう」

芳おばさんははしゃいで、身じたくにかかりました。

ああ、きのうまでは、夢にも知らなかったしあわせ。英子はおばさんをおともにして、タクシーで日本橋《にほんばし》の三越《みつこし》へ行き、生まれてはじめての、うれしい買いものをしました。芳おばさんにも、いろいろ買ってあげたので、おばさんも大よろこび。ふたりは半日を日本橋《にほんばし》から銀座《ぎんざ》をあるいて、夕《ゆう》がたにうちへ帰りました。

ところがその晩《ばん》、郵便！ という声に、英子がげんかんに出てみると、配達された小包《こづつ》みと手紙。宛名《あてな》は自分で、さしだし人は小森春美《こもりはるみ》と書いてあります。

「小森春美ってだれかしら。こんな人知らないわ」

ふしぎに思いながら、英子が、まず手紙の封《ふう》をきってみました。すると、きれいな花もようのびんせんに、こんなもんくが書いてありました。

かわいい英子さま。

ゆうべ、お目にかかれたことを、うれしく思っています。そして、あなたがこんど、おじの向井《むかい》元男爵《もとだんしゃく》のあとつぎになられたことは、なおなおうれしいことです。だって、そうなれば、あなたはこれからわたしと、いとこどうしになるわけでしょう。あなたのような美しいしんせきができたなんて、天にものぼるうれしさです。

英子さま。これからは仲《なか》よく、きょうだいのようにくらしましょうね。それで、あなたが向井男《だん》爵令嬢《しゃくれいじょう》になられたおいわいとして、わたしのだいじなサファイヤの指輪を、小包《こづつ》み郵便でおおくりします。わたしのまごころのこめたこの品《しな》、どうぞ、おうけとりください。

それから、あしたの晩《ばん》、あなたを、わたしの母にしょうかいしたいと思いますから、午後五時半、晩《ばん》ごはんをたべにいらっしゃってください。自動車をおむかえにさしあげます。きっと、いらっしゃってください。たのしみにまっております。

小森春美
読みおわった英子の目に、ゆうべ握手《あくしゅ》した、絵のように美しい、グリーンの洋装の令嬢《れいじょう》のすがたが、はっきりうかびました。そしてその令嬢《れいじょう》が、かなしそうに、

「わたし、このおじさんのたったひとりのめいの春美よ。それなのにおじさんは、わたしに一銭《いっせん》の財

産もゆずらずに、みんな、あなたにあげてしまったのよ」

とつぶやいたことを、思いだしました。

ああ、それなのにこの春美という人は、ちっとも自分をうらまず、こんなやさしくいたわってくれるのです。自分をにくみもせず、これから仲《なか》よくしようといって、こんなりっぱな指輪まで、おくってくれたのです。

「まあ、なんて心のひろい、やさしい人」

英子は思わずその手紙を、両手で胸にだきしめました。この時から、春美という、まだよく知らない人が、すっかりすきになってしまいました。

そのよく日、英子は朝からもうそわそわして、やくそくの五時半がくるのを、たのしみにまっていました。

すると、時刻きっちりに、りっぱな自動車がむかえにきました。それにのって、英子がはじめてたずねた小森春美のうちは、しずかな高台《たかだい》にある、りっぱなやしきでした。

「まあ、よくいらしってくださったわね」

美しい顔に、あふれるばかりのあいきょうをたたえて、げんかんへとびだしてきた春美。やがて応《おう》接間《せつま》へ通ってから、しょうかいされた母親の荒子《あらこ》も、すこし顔にこわいところはあるが、気もちはやさしそうな人で、ふたりは、まるで英子がずっとむかしからの親類《しんるい》のむすめでもあるかのように、やさしく、しんせつにもてなしてくれました。お茶ノ間《ちゃのま》で、おいしい晩《ばん》ごはんをごちそうになっているあいだも、ふたりはかわるがわる、英子のこれまでの、苦労の話をきいて、

「まあ、ご苦労なさったのねえ」

と、涙《なみだ》ぐんでくれたり、

「でも、これからのあなたは、向井元男爵《もとだんしゃく》のあとつぎで、どんなぜいたくでもできますわ。よかったわねえ」

と、心からいわってくれたりしました。

「ねえ、春美さん。わたし、ほんとうはあなたにすまないと思っていますのよ。だって、あなたがなるはずのあとつぎに、わたしがなってしまったんですもの。

わたし、自分でも男爵《だんしゃく》の気まぐれに、びっくりしています。ねえ、わたし、あとつぎなんかやめて、今までどおり、毛糸の玉を売ってあるいてもかまわないんですのよ」

英子が心から気のどくそうにいうと、春美はあかるく笑って、手をふって、

「何いってらっしゃるの。すんだことは、すんだことよ。わたしたちは、おじさんの財産をもらいたいなんて思っていないわ。今でもらくに暮《くら》しているんですもの。それより、あなたっていとこができ

たほうがうれしいのよ。ねえ、ママ」

「そうですとも」

母の荒子もうなずくのでした。が、いろいろな話のなかで、英子が、相良《さがら》弁護士のことをいいだし、

「あのかた、上品《じょうひん》で、しんせつで、いいかたですわねえ」

とほめると、春美はいやな顔になり、

「いいえ。そう見えても、あの人、心はとてもわるい人なのよ。こんどゆっくり話すけど、あの人にゆだんしてはだめよ」

と、かんで吐《は》きだすようにいい、それから、

「あの人、わたしのわる口《ぐち》、なにかあなたにいったでしょう」

と、するどくききました。英子はそのとき、相良弁護士がおととい、あの春美さんには、わたしがここでいいたくないような、おそろしい病気があるといったことばを思いだし、それが春美のわる口《ぐち》のことだったのかと考えましたが、だまって答えませんでした。

ごはんがすむと、英子は春美の部屋へいって、春美のひくピアノをきいたり、それにあわせて自分も歌をうたったり、春美の思《おも》いでのアルバムを見せてもらったりして、たのしい時間をすごしました。

ベランダへでると、空にはほそい三日月《みかづき》がかかっていました。それをならんで見ているうちに、春美

はだしぬけに英子のかたを、力いっぱいだきしめて、

「ああ、うれしい。わたしにこんやから、こんなかわいい妹ができた。ねえ、これからふたり、仲よく暮《くら》しましょうね。そして、ほうぼう旅行しましょうね」

息をはずませて、ささやいたのでした。

つい、おとといまで、貧乏《びんぼう》なみなしごの自分が、きゅうにお金もちになり、こんなきれいな令嬢《れいじょう》から、妹とよばれる身となった。なんと考えても、英子には夢としか思えないのでした。

こうして、その晩、英子は春美*という、世界にふたりとない親友を見つけたうれしさに、胸をふくらませて、夜おそく、また自動車で送られて自分のうちへ帰ってきました。

かぎのゆくえ

英子《えいこ》が七草《ななくさ》の夜、向井家の門の前に立ってから、ちょうど一月《ひとつき》めの朝でした。

このころ、英子はもう下宿から小さいけれどスマートな、一けんの洋館へひっこしていました。それは相良《さがら》弁護士が、

「あなたは、もう一月《ひとつき》に十万円もおこづかいをつかえる身分になったのだから、女中《じょちゅう》をおいて、一けんのうちへおすみなさい。わたしが、貸家《かしや》をさがしてあげる」

といって、しんせつに見つけてくれたうちでした。ところが、いよいよ英子がひっこそうとすると、下宿《げしゅく》の芳《よし》おばさんが、こんなことをいいだしました。

「英子ちゃん。あんたがうちをもつのなら、わたしを家政婦《かせいふ》に使ってくれない。わたしはあんたが大すきだし、下宿商売《げしゅくしょうばい》もいやになったから、やめてついて行くわ」

芳おばさんは、ご主人も子供もないひとりものだったし、英子も、知らない女中《じょちゅう》をやとうより、おばさんにきてもらうほうが、ずっと安心なので、よろこんでしょうちしました。

それで、今、この新しいうちには、英子と芳おばさんとが、ふたりで暮《くら》していたのでした。

ところがその朝、その新しい英子のうちへ、とつぜん相良《さがら》弁護士から電話がかかってきました。電話口へでた英子に、弁護士は三日前に、向井元男爵《むかいもとだんしゃく》がとうとうなくなられたと話しました。

そして、かわり者の男爵《だんしゃく》のゆいごんで、死んだことはぜんぜん世間へ知らせず、お葬式《そうしき》は自分と大川《おおかわ》医師だけで秘密《ひみつ》におこない、お骨《*こつ》はもう男爵の故郷の、山口県《やまぐちけん》へ送ってしまったとのことでした。

それで、あなたも男爵《だんしゃく》のうちへ、おくやみなどいいにくるひつようはない。

ただし、これでいよいよ、あなたはゆいごんどおり男爵《だんしゃく》ののこした財産を、のこらずもらうことになったのだから、二、三日うちに、わたしがその財産目録《もくろく》をもって、そちらへお話にいく。そのつもりでいてくださいとのことでした。

相良弁護士との話がすんだあと、英子はしばらく、ぼんやり電話口に立っていました。たった一度あったばかりの向井元男爵《もとだんしゃく》。あの髪の毛も、ひげも、銀のように白い、やせて品《ひん》のよい老人のおもかげが、はっきりと目のさきにうかびました。

そして、見も知らない自分に、おしげもなく財産をくれて、死んでいった老人がかわいそうで、かわいそうで、思わずぼろぼろと涙《なみだ》をこぼしました。

やがて、えんがわにでると、英子は向井家のほうの空にむかい、*両手をあわせ目をつぶって、あのふうがわりな老人のたましいが、どうぞやすらかに天国へいくよう、長いあいだ祈《いの》りました。

英子がおいのりをおえて、芳おばさんと、死んだ男爵《だんしゃく》の思《おも》いで話をしているさいちゅう、とつぜん、げんかんのベルがなって、小森春美がとびこんで来ました。

「英子ちゃん、こんにちは。今、そこのお友だちのところまで来たから、ちょいとおよりしてみたの。新しいおうちのすみぐあい、どう?」

と、春美はいつものほがらかな調子でいって、英子をどこへか遊びにさそいだしたいようすでした。

「春美さん、ごぞんじ。向井のおじさまがおなくなりになったこと。今、相良さんからお電話がありましたわ」

と、英子がいうと、春美はびっくりしたように、

「えっ、おじさまが。わたし、知らなかったわ。わたしのうちへは、まだなんにも知らせてこないわ」

とさけびました。それから英子が、男爵《だんしゃく》のお葬式《そうしき》がひみつのうちに、すんでしまったこと。相良弁護士がおくやみにくるひつようもないといったことなどをうちあけますと、春美はきゅうにおこったような顔になり、

「ふん、どうせあの相良たちのやることだから、そんなことでしょう。わたしなどには、知らせないでもいいと思ってるのかもしれないわ」

とつぶやきました。それから、春美はしばらくのあいだ、青い顔をしてまるで口をきかず、なにかいっしんに思いつめているようでしたが、やがて顔色をもとへもどすと、

「もう死んだ人のことなんか、どうでもいいわ。それよりも、英子さん、あんたのおうちの中、見物させて」

にっこり笑っていいました。

英子はいわれるまま、新しいうちの中をつぎつぎにあんないしました。それがすんで、二階の英子の部屋のいすに、ふたりがむかいあって腰をおろすと、

「ねえ、春美さん。相良弁護士って、ずいぶん用心ぶかいかたらしいわねえ。女ふたりのうちだから、よっぽど気をつけないといけないといって、わざわざ、こんなかぎを作ってくださったのよ」

といって、英子がテーブルの上にころがっていた、三本のかぎを見せました。

「これは、げんかんのドアのかぎ。外国製のめずらしいかぎなんですって。一つは芳おばさんがもち、一つはわたしがもつようにくださったの。あとの一つは、かわりのかぎですって。でも、わたし、おかしくてならないの。なぜ相良さんはわたしのいのちでも狙《ねら》っているものがいるように、ああ、用心用心っていうんでしょう」

「それについて、あの相良、だれか、あんたのいのちをねらっているものがいるとでもいったの」

春美が、美しい目をぎらりとかがやかせてききました。

「いいえ。ちっともおっしゃらないのよ。ただあうたびに、なにかかわったことはなかったか、おそろしい目にはあわなかったかって、おききになるの。そこでわたし、たったいちど、はじめて向井さんのところへうかがった帰り、自動車にひきころされかけたことがあると話したら、顔色をかえて、しばらく考えていらしったわ」

「そう」

春美は、この話はたいして気にもとめないようでした。

この話のあいだ、ふたりは芳おばさんがはこんできた、紅茶をすすりあっていましたが、とつぜん、春美が、

「あらっ」

とさけびました。なにかのはずみで、春美の手が紅茶茶《ちゃ》わんを、テーブルの上でひっくりかえしてしまったのです。春美はあわててハンケチをだして、こぼれた紅茶をふこうとしました。

「およしなさい。わたし、今、ふきんをもって来ますわ」

英子があわててとめて、大いそぎで下へとんで行きました。

一分後、英子がふきんを手に、もどってきてみると、テーブルの上の紅茶は、もうきれいにふきとられていました。しかし、それと同時に、さっきまでそこに三つならんでいたかぎは、もう二つしかのこっていませんでした。一つは、よごれたハンケチといっしょに、そっと春美の白い手の中に、つかまれていたのです。

しかし、むじゃきな英子は、そんなことは、夢にも気がつきませんでした。
＊
まもなく春美は、きゅうに用事を思いだしたといって、英子にさよならをいいました。そとへでた春美の顔は、今しがたのにこにこ顔とかわって、その美しい目は、ぎらぎらとみょうに光り、くちびるをかたくかみしめ、顔ぜんたいに、おそろしい猛獣《もうじゅう》を思わせるようなところがありました。そして、

「ああ、にくらしい。あの英子はどうしても殺さなくちゃ」

とうなるように、つぶやいていました。

お酒によったように、ふらふらあるきながら、春美はハンドバッグから、一まいの新聞をとりだしてながめました。それには大きな活字で、

*殺人狂《さつじんきょう》の医学博士《いがくはくし》東京《とうきょう》病院《びょういん》へ収容《しゅうよう》さる

という記事がでていました。

「そうだ。この病院へ行ってみよう」

春美はやっと見当《けんとう》がついたように、ひとりごとをいって、英子のところからぬすんできたかぎで、ぽんとその新聞紙をたたきました。

気狂《きちが》い博士《はくし》と春美

「*……こんど東京《とうきょう》病院《びょういん》へ収容《しゅうよう》された馬屋原博士《まやばらはくし》ほど、気のどくな人はない。ガンの病気の研究家としては、日本一でありながら、数年前からとつぜん発狂《はっきょう》。すでにふたりの人のいのちをうばい、三人の人に大けがをさせている。博士の病気は、モノマニアといって、ほかのことでは、あたりまえ

の人とかわらないが、たった一つ、いつもあやしいまぼろしを見ているのである。

つまり、この世の中には、人間を不幸にさせる悪魔《あくま》がすんでいる。その悪魔《あくま》は、男、女、老人、少女、さまざまな人間のすがたにばけて、どこかにかくれている。これさえ、つかまえて殺してしまえば、世の中の不幸はぜんめつすると、病気の博士《はくし》は思いこんでいるのである。そのために博士《はくし》は、話さいちゅうの相手に、突然《とつぜん》飛びかかったり、まるで知らない、通りがかりの人ののどをしめたりする。

ここしばらく、博士の病気はおさまっていたが、近《ちか》ごろ、またぶりかえして、らんぼうを働きだしたので、家の人たちは、また病院へ収容《しゅうよう》、げんじゅうに警戒《けいかい》することになったのである……」

春美がひろげた新聞には、こんなふうに、くわしく殺人狂《さつじんきょう》の博士《はくし》のことが書いてありました。

プラタナスの並木《なみき》どおりの、きれいな喫茶店《きっさてん》のいすで、この記事を読みおわった春美《はるみ》は、コーヒーをはこんできた少女に
「あの、東京病院って、どのへん?」

とききました。

「東京病院は、この通りをまっすぐにいって、はじめの横町《よこちょう》を、左へまがったところでございます」

と、その白いエプロンすがたの少女がおしえてくれました。

喫茶店《きっさてん》をでて、いわれたとおりに行ってみると、大きな石の門のある、ひろい、りっぱな病院。春

美はその門衛《もんえい》のおじいさんに、だいたいどのへんに精神病患者の病室があるかをきいて、石だたみの上をそのほうへあるいて行きました。

見ると、それはほかの病室とははなれたところにたてられた、白いペンキぬりの平家《ひらや》で、いくつもの病室がろうかをへだてて、むかいあいになっており、病室のまどのそとはしずかな庭になっています。

(さて、あの馬屋原博士《はくし》のいる病室はどれだろう?)

春美が立ちどまって考えていると、白い服をきて、めがねをかけたわかいお医者らしい人が、そばを通りかかりました。

「あの、ちょっとうかがいますが、新聞にでている馬屋原博士《はくし》の病室は、どちらでしょうか」

わかいお医者は、りっぱな毛皮のオーバーをきた令嬢《れいじょう》の、美しい顔に見とれながら、

「えっ、馬屋原さん? ああ、あの殺人狂博士《さつじんきょうはくし》ですか。あのかたの部屋は、その入口をはいって、いちばんおくの左がわです。でも、お見舞《みま》いですか。それなら、せっかくいらしっても、病気が病気できけんですから、とても病室へははいれますまいよ」

「あの、わたくし、絵をかくものですの。新聞社からぜひとたのまれて、博士《はくし》の入院すがたのスケッチにまいったんですが、どこか、きけんがなくて博士《はくし》に近《ちか》よれるようなところは、ないでしょうか」

春美がでたらめをならべたうそを、人のよさそうなわかい医者はまにうけて首をひねり、

「ああ、そうですか。新聞社のかたですか。そうですね。どうしたらいいか」

と考えたすえ、やがて、

「あ、いいことがある。ここの病室のまどは、みんな庭へむいてるでしょう。だから庭へはいれば、鉄ごうしのあいだから病室の中が見えます。すこし気を長くまっていれば、馬屋原さんも、まどへ顔をだすかもしれません」

「ありがとうございます。いいことをおしえていただきました。では、そうして遠くからスケッチをして帰ります」

「でも、ことわっておきますが、庭でも長くうろうろしていたらきけんですよ。患者によっては、ものを投げたりしますからね。それに庭へはいることは、番人《ばんにん》がやかましいですから、なんでも手早くやって帰ることですね」

*しんせつなわかい医者はちゅういすると、それなりすぐ、本院のほうへ行ってしまいました。

春美はそっとあたりを見まわしました。やかましい番人《ばんにん》はろうかにでもいるらしく、あたりにはなんの人かげも見えません。

そこで、す早《はや》く庭さきへはいり、いちばんおくの、病室のまどの前まできました。

見ると、そこには、太いがんじょうな鉄のぼうを何本もはめた、鳥かごのような窓で、今しもその鉄ぼうを大きな両手でにぎって、おもてをながめている怪人物《かいじんぶつ》がいました。

年はもう五十五、六になるでしょうか。体格のいい大男で、むしゃくしゃの頭、あごには、ひげがのびほうだいにのびています。

そして、顔色はきみのわるいほど、つやつやしく、カッとひらいた目で、空の一《いっ》ぽうを見つめていました。

春美がまどのそとに立つと、博士《はくし》の目は、さっと春美のほうを見ました。おだやかなひとみ。けれどそこには、どこか遠い夢をみているような、あやしい光がただよっています。春美はおそれげもなく、つかつかと窓のま下へあゆみより、小さな声でよびかけました。

「馬屋原先生」

博士《はくし》はすぐにはへんじをしません。なにか、ふしぎな生きものでも見るような目つきで、じいっと庭の少女を見つめています。

「馬屋原先生。あなたはこの世の中の悪魔《あくま》をたいじしようとしていらっしゃいます。それで、わたしたちのために、ひとりで苦しいたたかいをつづけていらっしゃるのです」

春美がひくい声に力をこめて、こうささやきました。と、博士《はくし》のドンヨリしたひとみに、とつぜんいきいきとしたかがやきが出てきました。博士《はくし》は今までよりもずっとちゅういぶかく、春美の顔をみました。

「悪魔《あくま》は、いろいろな人間のかたちにばけて、このひろい東京にかくれています。それを、あなたはたびたびころそうとして、まだ殺しつくさないでいらっしゃる。

けれど、わたしは今、いちばんわるい悪魔《あくま》の、ほんとうのいどころを知っています。それをあなたにおしえるために、きょう、ここへしのんできたのです」

春美がこういって、じっと博士《はくし》の顔を見あげると、博士《はくし》は、はじめて口をききました。

「いったい、あなたはだれじゃ」

「わたしは天の使《つか》いです。悪魔《あくま》たいじをするあなたを助けるため、人間のすがたになってくだってきた、天の使《つか》いです」

こういう春美の目は、らんらんとかがやいていました。博士はふかく考えこむように、右の手で、そのむしゃくしゃした髪の毛をひとつかみしながら、悲しそうなためいきをついていいました。

「でも、わしには今、自由がない。わしは悪魔《あくま》の手さきのために、こんなせまいところに、けだもののように入られている。悪魔《あくま》たいじをしたいが、でていくことができない」

「天の使《つか》いは、いつでもあなたを自由なからだにしてあげます。博士《はくし》、もし、わたしがあなたを、ここから出してあげたら、あなたは、きっとその悪魔《あくま》を殺してくれますか」

「えっ、ほんとうか。あなたはほんとうに、わしをここから出してくれるか。出してさえくれれば、もちろん、わしはすぐそのにくい悪魔《あくま》をころしてくれる。いったいその悪魔《あくま》は、今どこにいるのじゃ」

博士《はくし》は、自由なからだになれるときいて、すっかりげんきづきました。そして目を光らせ、鉄ごうしのあいだから身をのりだすようにして、こうセカセカとききだしました。

「悪魔《あくま》は今、かわいらしい少女にばけて、東京《とうきょう》のあるところにすんでいるのです。あなたにころす勇気があれば、わたし、今夜あなたをここから出してあげて、その悪魔《あくま》のいる場所へあんないします」

「なんじゃ、わしに勇気があるかと。勇気など、わしのからだにあふれているのじゃ。世界の悪魔《あくま》をころすことは、わしのつとめじゃ。やるとも、きっとやる。では、話はきまった。いったい今夜の何時に、わしを自由にしてくれるのじゃ」

「時間は、はっきり約束できません。でも、とにかく今夜おそく、わたしがもう一ぺんくるまで、まっていらっしゃい。そのときこそ、きっと、あなたを自由にして、悪魔《あくま》のいるところへ案内してあげます」

春美のことばをきくと、博士《はくし》はさもうれしそうに、しょうちしたというふうに、大きくうなずいてにやりと笑いました。それは、じつにきみのわるい、血にうえたおそろしいけだもののような笑いで

した。春美はそのようすを、つめたい目でじろりと見て、
「では博士《はくし》、お約束しましたよ。今夜、もう一ぺんきっと来ますよ」
とささやいて、白いなめし皮の手ぶくろをはめた右手を、にっこり大きくふると、大いそぎで庭から出ていきました。

ま夜中の足音

さて、その晩の十時をすこしすぎたころ、東京病院の精神病患者室のろうかでは、＊大木三蔵《おおきさんぞう》という番人《ばんにん》が、ひとりで火ばちにあたっていました。

もう院長の回診《かいしん》もとっくにすみ、見舞《みま》いの人たちも帰り、病室はひっそりとしずまっていました。ただ、春さきに吹く強い風が、病院のくらい庭にふきあれていました。

と、このとき、やさしいくつ音がして、ひとりの見なれない少女が、ろうかをこっちへあるいてきました。手に大きなかごをかかえ、りりしいガール・スカウトのような服をきています。

その少女は大木番人《ばんにん》に見るなり、にっこりあいきょうよく笑って、
「こんばんは。このさむいのに、おそくまでご苦労さまでございます。わたしたちは国際博愛協会《こくさいはくあいきょうかい》の会員で、毎夜、あなたのようなおつとめのかたを、おなぐさめして歩いております」

こういいながら、胸についた丸いバッジのようなものを、ゆびさしました。

大木番人《ばんにん》は、この少女のべんぜつのさわやかなのと、きりょうのよいのにすっかり感心して、だまってきいていました。

そうするとその少女は、かごの中から魔法《まほう》びんや、かわいいお茶《ちゃ》わんや、西洋菓子《せいようがし》のつつみなどをとりだし、大木番人《ばんにん》の前のテーブルの上にならべました。

つぎに、少女は魔法《まほう》びんの口から、湯気《ゆげ》の出ているおいしそうな紅茶を、どくどくとお茶わんにつぎ、ミルクと角《かく》ざとうをいれ、

「さあ、どうぞ。さめないうちにおのみください。ついでにお菓子《かし》もめしあがってください」

と、やさしくすすめるのでした。

「いやあ、これはどうも、ごちそうさまですな。そうですか。あなたは博愛協会《はくあいきょうかい》のかたで。なるほど、いや、あなたがたこそ、かえってご苦労さまです。では、せっかくですから、えんりょなしにいただきます」

さむくてふるえているところへ、おいしそうな紅茶をすすめられて、大木番人は大よろこび。

さっそく、その紅茶をつづけて二杯《にはい》までごちそうになり、お菓子《かし》のほうも、むしゃむしゃたいらげてしまいました。

すると少女は、また魔法《まほう》びんや茶《ちゃ》わんを、手早くかごの中におさめ、

「では、おやすみなさい」

と、にっこりあいさつし、大木番人が、

「どうもありがとう。どうもすみません」

と、くりかえすお礼《れい》のことばをせなかにして、外のやみにきえて行ってしまいました。

だが、それから十五分ほどたつと、またしずかなくつ音が、ろうかにきこえてきました。

さっきのガール・スカウト服の少女がもどってきたのです。見ると、大木番人《ばんにん》はどうしたのか、いすの上でぐっすりいびきをかいてねこんでいます。そのね顔《がお》をのぞきこんだ少女は、うす笑《わら》いをしてひとりごとをいいました。

「まあ、よくきくねむりぐすりだこと。では、早くじゃまのはいらないうちに、しごとをしなければ」

少女の目はするどくかがやいて、大木番人《ばんにん》のうしろのかべを見ました。

そこには、番号札《ふだ》のついた病室のかぎが、ずらりとならんでかかっています。少女の手は、す早く六号室のかぎをとりました。

そして、大いそぎでおくへ行って、馬屋原博士《まやばらはくし》の病室のドアをあけました。

「博士《はくし》。おむかえにまいりました。わたし、ひるまお会いした天の使いです」

この声をきいた博士《はくし》は、びっくりして立ちあがりました。

博士《はくし》は、さむざむとした病室のベッドのはしっこに、まだねもせず、しょんぼりこしかけていたのでした。

春美は、さっとドアをしめて中にはいると、

「博士《はくし》、さあ、早く悪魔《あくま》たいじに行きましょうね」

と、母親が子どもをさとすようにやさしくいって、かかえたふろしきづつみを、床へおきました。

そして、その中から黒い大きながいとうをだして、博士《はくし》にきせ、また、スリッパをだしてはかせると、もう一ぺんドアをあけて、おもてのようすを見てから、博士《はくし》の手をとって、するりとろうかへすべりだしました。

ぐうぐうねむっている番人《ばんにん》の前を通りぬけ、ろうかから、くらい庭へ、それから門のそとへと、ふたりがぶじにでてくると、そこには春美の自動車がまっていました。博士《はくし》を大いそぎで車の中へおしこんだ春美は、自分は運転台にのり、ハンドルをにぎると、車はすごいスピードではしりだしました。

三十分ほどはしって、ある、くらい町かどで車をとめた春美は、ドアをあけて馬屋原博士《はくし》をおろし、

「あそこのうちです。悪魔《あくま》がすんでいるのは」

とささやいて、右手の一けんの洋館をゆびさしました。

そのうちは、もう夜がおそいので、あかりをけし、黒くねしずまっておりました。

「このかぎを使えば、げんかんのドアはすぐあきます。げんかんのつきあたりに、はしごだんがあります。それをのぼって、すぐ左がわの部屋が、悪魔《あくま》のすんでいるところです。いいですか。この懐中《かいちゅう》電燈《でんとう》をてらしていらっしゃい。そして、少女にばけている悪魔を見たら、まちがいなく、すぐ殺すのですよ」

「ふっ、ふっ、ふっ、ふっ、ふっ」

気ちがい博士《はくし》は、やみの中できみょうな笑いかたをしました。

そして、もううれしくてたまらないように、ぶるぶるとからだをむしゃぶるいさせました。

春美の手からひったくるように、かぎと懐中電燈《かいちゅうでんとう》をうけとると、大男の博士《はくし》のかげは、もう一ぺん、

「ふっ、ふっ、ふっ、ふっ」

と笑って、たちまちやみの中にきえていきました。

春美は、なんというおそろしい少女なのでしょう。いま、気ちがい博士《はくし》に手渡したかぎは、ひるま自分で、仲《なか》よしの英子《えいこ》のテーブルの上から、すばやくぬすみとったあのかぎなのです。

その春美は、博士《はくし》の大きなかげが英子のうちのほうへ、あるいて行くのを見とどけると、大いそぎ

でまた自動車に飛びのり、超スピードで、どこかへ立ちさってしまいました。

こちらは、そんなことは夢にも知らない英子。きょうはなんとなくせわしい日で、朝おきるとまもなく、相良《さがら》弁護士から電話で、向井《むかい》元男爵《もとだんしゃく》の死んだことを知らされ、そのかなしみのさいちゅうに、とつぜん春美がまたたずねて来たりして、なんだか、くたくたにつかれてしまいました。

それで、こんな日は早くねようとけっしんし、晩《ばん》ごはんをたべると、まもなく自分の部屋のベッドにもぐりこみました。芳《よし》おばさんも、同じようにつかれたのでしょう。しばらく下で、洗いものなどしているらしい水の音がきこえていましたが、やがてそれもしずかになり、いつか英子は、ぐっすりとねこんでしまいました。

と、やがて、なにかにおどろかされたのでしょう。英子はふと目がさめました。

しかし、その目のさめかたが、いつものように、あまくぼんやりしたさめかたでなく、とつぜん、なにかでたたき起こされたような、じつにはっきりした目のさめかたです。

(おや、どうしたんだろう。わたしはめったに夜中になんか起きたことがないのに、なぜ、こんなにだしぬけに目がさめたのだろう)

英子はひどくふしぎに思いました。部屋の中はまっ暗《くら》。おもてはかなり強く夜風がふきあれているらしく、窓の戸ががたがたゆれています。

（そうだ。あの風の音で目がさめたんだな）

と英子が思いなおして、ふたたび頭をまくらにあてようとしたとたん、ミシリ、ミシリ、はしごだんにかすかな人の足音。

英子ははっとして、胸がどきんとなりました。それは、だれかがそっと二階へあがってくる足音です。

しかも、芳おばさんではない。芳おばさんの足音なら、いつもきいてわかっている。それよりももっと大きく、目方《めかた》のあるものが、つまさきだちで、そっとあるいてくる音。英子が気がついたしゅんかん、その足音は、はしごだんのとちゅうで、しばらく立ちどまりました。

（どろぼうかしら。でも、うちのげんかんは、あの特別なかぎがなければ、あけられないはずだ。いったい、だれがどうして）

英子は思いきって大きく、エヘンと、せきばらいをしてみました。それでも、まだはしごだんの足音は、じっとして動きませんでしたが、やがてまたミシリ、ミシリと、こんどはいよいよ上までのぼりつめたようです。

英子のからだは、おそろしさでがたがたふるえはじめました。たしかになにものかが、しのびこんだのだ。もう、すぐそこのドアの前に立っているのだ。

ああ、こわい。大声をあげて芳おばさんをよぼうか。こう英子がまっ青《さお》になって、からだをふるわせているとき、ドアのそとから、きみょうな音がきこえてきました。

それは、なにかおそろしい猛獣《もうじゅう》の、あらいいきづかいのような、はっはっという音。

もう、たまりません。英子は思いきってベッドからとびおり、テーブルの上のスタンドをひねりました。そして、きゅうにあかるくなった部屋のまんなかに、ねまきひとつで立ち、おびえた目つきでじっとドアを見つめました。

ところが、ああ、これはおそろしい夢じゃないでしょうか。見ているまに、そのペンキでうす青くぬられたドアが、すこしずつ動くのです。おもてからおしあけられるのです。

一寸《いっすん》、二寸《にすん》……。そして、英子がおそろしさに、おもわず手で頭の毛をかきむしったとき、そのドアのすきまから、ふとい毛むくじゃらな腕が一本、にゅっとでました。

「きゃあっ」

英子は大声をあげようとしました。

だが、あまりのおそろしさに、もう声もでないのです。

と、つぎのしゅんかん、そこにあらわれたのは、頭の毛のもじゃもじゃな、あから顔で、そして血ばしった目をした悪魔のような大男の顔。それが両手をあげて、つかみかかりそうにして、じりじり英子にせまってきました。

狂人《きょうじん》と怪人《かいじん》

だれも知らないま夜中、たったひとり、二階で、おそろしい気ちがい博士《はくし》に、のどをしめられようとする英子《えいこ》。たまらずベッドからとびおりて、部屋のすみへにげると、博士《はくし》は、

「おのれ、この悪魔《あくま》。にげるのか」

と叫んで、大またでせまってきました。

なんでわたしが悪魔《あくま》なんだろう。いったいこの男はだれなんだろう。にげながら英子は、思いまどいました。

どうして、こんなおそろしい男がとびこんできたのか、英子にはわけがわからないのでした。

小スズメを追う、荒《あら》ワシの爪《つめ》のように、博士《はくし》のひろげた両手は、なんども英子の頭やかたをつかもうとします。

それをまっ青《さお》になってくちびるをかみしめながら、あぶなく身をかわしてにげまわる英子。

ああ、芳おばさんが目をさましてくれたら、助けにきてくれたらと思うのですが、夜の世界は、こ

んなかわいそうな少女のくるしみを知らぬように、シーンとしずまっています。そのうちに花びんはくだけ、いすはたおれ、英子はくたくたにつかれてしまいました。

博士《はくし》はというと、これも息をぜいぜいいわせていますが、血ばしった目は、いっそうらんらんとかがやいています。

そして、英子がいよいよよわったとみると、しめたというように、したなめずりをして、部屋のすみのところで、ふいと両うでをきゅうに長く、英子の胸もとにのばしてきました。

もうだめだ。わたしは、この気ちがいにしめころされる。英子は、こうかんねんしました。

そこで、ひっしの勇気をふるいおこすと、ヌーッとせまってきた博士《はくし》にとびかかり、そのおそろしい顔を、右のげんこつで力いっぱいなぐりつけました。博士《はくし》はくちびるのあたりをうたれ、むきだした歯ぐきから、赤い血がだらだら流れだしました。

しかし、それを見たしゅんかん、英子はきゅうに気が遠くなりました。しっかりしなければいけない。しっかりしなければと、心の中で思いながら、ついふらふらとたおれかけました。

と、この時です。英子の部屋の戸を、そとからはげしく動かす音。つづいてその戸は、まきわりのようなもので、ガシャーンとうちやぶられました。それから、そのうちがわにしめられたガラス戸が、一枚やぶられると、やみの中からでた一本の手が、とめねじをじょうずに動かし、ガラス戸をあけま

した。

そうして、おどろいている博士《はくし》と英子のあいだに、ひらりととびだした、いような黒しょうぞく、黒ふくめんの怪人《かいじん》。その怪人《かいじん》は、サルのようなすばやさ、ものすごい力で、今、両手を英子ののどにかけている博士《はくし》の胸もとへ、どすんとぶつかりました。博士《はくし》は思わずよろめき、あおむけにたおれると、ちょうどうしろのベッドのかどに、頭をぶつけてしまいました。

さて、それからこの怪人《かいじん》のしたこと。それは、じつにきみょうなげいとうでした。たおれた博士《はくし》がはねおきようとすると、その怪人《かいじん》は、右手ににぎったなにか黒い、みじかいぼうのようなものを、博《はく》士《し》のからだにあてました。すると、博士《はくし》はびくりとして、

「いたい!」

と、かなきり声をあげ、ドアのほうへにげる。怪人《かいじん》はそれをまたおいかけて、その黒いぼうをおしつける。もうこうなると、おそろしい気ちがい博士《はくし》も、母親におきゅうをすえられる子供みたい。怪《かい》人《じん》の思うように動かされ、たちまちドアのそとへおしだされてしまいました。

英子は、かさなるおどろきで、うろうろしながらも、*怪人《かいじん》がもっているぼうには、なにか強い電流のようなものが、通じているにちがいないと思いました。

怪人《かいじん》はそのあいだ、もちろん英子に顔もみせず、ひとことも口をききません。

そして、またたくまに博士《はくし》を追って、英子の部屋からすがたをけしました。あとは、はしごだんを、どたばたかけるようにおりる博士《はくし》の足音。それをおう怪人《かいじん》の足音。やがて、げんかんのドアがしまると、おもてには、いつのまにか自動車がまっていたらしく、エンジンの音がして、それからふたりはどうなったのか、あたりはシーンとしました。

ぴゅうぴゅう夜風のふきこむ部屋に、ひとりのこされた英子は、ぽかんとしていました。

とつぜん、おそろしい気ちがいがあらわれたのも夢。まどをやぶって、黒衣裳《くろいしょう》の怪人《かいじん》がとびこんできたのも、みんな夢のようですが、夢でないしょうこに、雨戸やガラス戸もこわれ、部屋の中はめちゃめちゃになっています。そこへ、ようやく芳おばさんが、

「英子ちゃん、どうしたの。今のさわぎは」

といいながら、ねまきすがたであがって来て、あたりを見まわすなり、

「あら、たいへん。どうしたんです。どろぼうでもはいったんですか」

「そうよ。しかも、ふたり来たのよ」

「えっ」

と、芳おばさんは、しりもちをついてしまいました。英子は芳おばさんに、今の話をかいつまんで話しました。おばさんは頭をかしげ、

「でも、どうしてげんかんのとびらが、かぎなしであいたんでしょう。ふしぎでならないわ」

「とにかく、げんかんへ行って、しらべてみましょう」

英子は、つかれきったからだをおこし、こわがるおばさんといっしょにおりて行きました。見ると、げんかんのとびらはしまっており、そのたたきの上に、ぴかぴか光るものがおちていました。ひろいあげるとかぎてす。

「あら、これはげんかんのかぎだわ。わたしが一つ、おばさんが一つ、そして用心のかぎがもう一つ。その二つはわたしの部屋にあるはずだが、どうしてここにまたおちているんでしょう」

英子は、とびらにかぎをかけると、いそいで二階へあがり、ひきだしをあけてみましたが、すぐに叫《さけ》びました。

「あら、ふしぎ。ここにかぎは一つしかないわ。だから、これはやっぱりわたしの用心のかぎだわ。でも、あの気ちがい男は、どうしてこのかぎを手にいれて、げんかんをあけたんだろう。まあ、きみがわるい」

むじゃきな英子は、きょうのひるま、春美がそっとハンカチにくるんで、このかぎをぬすんだことには、ぜんぜん気がつかなかったのでした。
＊
芳おばさんとふたりで、めちゃめちゃにされた部屋をかたづけたり、こわれた雨戸をつくろったり、

それから、やっとねようとするところへ、巡査《じゅんさ》がしらべにやってきたりして、おそろしい夜はみじかくあけました。

と、英子がまだベッドにいるところへ、とびこんできたのは相良弁護士でした。

「英子さん。今、下でおばさんからきいたんですが、ゆうべ、おそろしいことがあったそうですね」

「はい」

「どうしました。おけがはありませんでしたか。まあ、よかった。そのふたりは、どんなふうな男でしたか」

けさの相良弁護士は、はでな青いせびろをきていました。それに、おきたばかりのせいか、顔色*がつやつやしくて、とてもわかくきれいに見えました。もう一ぺん、ゆうべのできごとをくわしく話しながら、英子の胸には、ふと、うたがいがわきました。

(あら、ことによると、ゆうべ黒しょうぞくでとびこんできて、助けてくれたのは、この人じゃないかしら)

でも、そう思って、弁護士のすがたをよく見るとやっぱりちがいます。こちらは、せいがすらりと高いのに、ゆうべの怪人《かいじん》はもっとひくい小男《こおとこ》でした。

(それじゃ、いったいあの怪人《かいじん》はだれなんだろう。気ちがい男がしのびこんだことを、どうして知っ

て、ちょうどあぶない時にきてくれたのだろう)

英子はいよいよわからなくなって、目をぱちくりさせました。と、相良弁護士がまたききました。

「その気ちがい男は、あなたからぬすんだらしいかぎで、げんかんのとびらをあけたというじゃないですか」

「はい」

「あなたは、わたしが特別に作らせたあのげんかんのかぎを、だれかよその人に見せたことがありますか」

英子はじっと思いだすように、目をつぶってから、

「そうそう。たったひとり、きのう見せた人があります」

「だれです、それは」

「春美さんです。あの向井男爵《だんしゃく》のきれいなめいのかた」

「えっ、あの人がここへくるんですか」

「はい。わたし、あれからずっと仲《なか》よくしていただいていますの。しんせつで、とてもいいかたですわ」

相良弁護士の顔が、さっと青くなりました。そして、

「そうか。そうだったのか」

と、ひくくつぶやきました。

用《よう》心《じん》ぼう

やがて相良《さがら》弁護士は、手カバンの中から、一たばの書類をだして話しだしました。

「英子《えいこ》さん。ぼくがけさ、こんなに早くうかがったのは、手つづきが思ったより早くはこび、きょうからあなたが正式に、向井男爵《むかいだんしゃく》の財産をのこらず相続されることになったからです。あなたはもうすばらしい千万長者《*せんまんちょうじゃ》。どんなぜいたくな家にすむことも、自動車を買うことも、世界じゅうを旅行することもできます。

ここに、いつぞやお目にかけた向井家の財産の総目録《そうもくろく》があります。東京《とうきょう》の地所《じしょ》もあり、いなかの別荘もあり、銀行へあずけたお金のたかも、のこらず書いてあります。

ねえ、英子さん。あなたはどんなことがなさりたいですか。もっと大きなお城のようなうちを買い、大ぜいの召使《めしつか》いをつかって、くらしたいですか。それとも、思いきってアメリカかパリへ、洋行《ようこう》でもなさいますか」

「さあ、わたし、まだよくわかりませんわ。だってあんまりきゅうにしあわせになって、まだ夢を見ているような気がするんですもの」

と、英子が顔を赤くして答え、

「どうしようかしら。わたし、財産なんてそんなにたくさんいらないわ。今くらいでも、けっこうすぎるわ」

と、ひとりごとのようにつぶやきました。

「なるほど。そうでしょうね。もちろんお金を使うのに、いそぐひつようはありません。よくお考えになったほうがよろしい。それで、わたしはなくなられた男爵《だんしゃく》のゆいごんで、どこまでもあなたの財産をかんとくすることにきまっていますから、けっしんがおつきになったら、なんでもおっしゃってください。そのとおりにいたします。では、この目録《もくろく》はおわたしします。おひまのときに、よくごらんになってください」

相良弁護士はこういって、あつい書類をテーブルの上にのせてから、

「それからもう一つ。わたしはあなたにぜひおすすめしたいことがあります。それは、あなたがこんなお金もちになったからには、芳《よし》おばさんとふたりっきりで暮《くら》していられるのは危険《きけん》です。ゆうべ入ったあやしいふたりのように、どんな人間がどろぼうにはいるかわかりません。それでわたしは、ぜひ今夜からでも、しっかりした用心《ようじん》ぼうをおくようにおすすめします」

「用心ぼうってなんですの」

「番犬のように忠実に、あなたのいのちや財産をまもってくれる男です。それで、ぼくはこのあいだからそういう男をさがしていたのですが、やっと石神《いしがみ》という男を見つけました」

「でも、知らない男なんかうちにおくの、いやですわ」

「しかし石神は、もう、しらが頭の年《とし》よりです。戦争で負傷して、右手はきかず、また、弾《たま》でくるぶしをやられたので、びっこをひいていますが、すごい力もちで、柔道も剣道もできるんです」

「だって、どろぼうよけなら、うちへお金をおかなければ、いいじゃないんですか」

「お金よりも、あなたのいのちを狙《ねら》うものがあります。それがこわいんです」

「どうして、わたしのいのちなんか狙《ねら》うんですの」

「あなたは千万長者《せんまんちょうじゃ》です。もしあなたが死ねば、こんどその財産をもらえるものがあります。それがあなたのいのちをねらうかもしれません」

(あら、今、わたしが死んだら、だれが財産をもらえるんだろう)

と、英子はじっと考えましたが、ふと思いつくと、ぱっと顔を赤くし、おこったような声で弁護士にむかって叫びました。

「あなたは、あなたはまさか、あの春美《はるみ》さんのことをいってるんではないでしょうね」

「いいえ、春美さんのことだけではありません。ふかく考えれば、あなたの財産をうけつげる人は、まだほかにもあります。もちろん春美さんは、その中でいちばん有力なひとりですが」

「相良さん。あなたは、春美さんがおきらいなようね。でも、あの天使のようにきれいで、やさしい春美さんを、ちょっとでもそんなふうに思ったら、とても失礼にあたりますわ」

相良弁護士はだまっていました。どこまでも冷静に、じっと英子のおこった顔を見ているだけでした。

と、このとき、芳おばさんがはいってきて、

「英子ちゃん。今、ラジオがおそろしいニュースをいってましたよ。ゆうべ夜中に、人ごろしの気ちがいが東京病院をぬけだしたんですって。それは馬屋原《まやばら》とかいう、りっぱな医学博士《いがくはくし》ですが、むやみに人をころすわるい病気があるんですって。病院では大さわぎで、みんなねないで、東京じゅうをさがしていると、二時間ばかりたって、博士《はくし》が病院の庭の、とんでもないところに、ぐうぐうねているのが、見つかったんですって。でも、その二時間のあいだ、博士《はくし》がどこで何していたのか、いまだにわからないそうよ」

「まあ、こわい。そのあいだ、その気ちがいはだれも殺さなかったのかしら」

英子がまゆをひそめてつぶやきました。

「それから、ふしぎなのは、その気ちがい博士《はくし》を、病院からつれだしたむすめがあるんですって。きれいなむすめで、ガール・スカウトの服をきて病院へはいって来て、番人《ばんにん》をだましして、ねむりぐすりをのませたんですって。

そして、番人《ばんにん》がねむっているあいだに、博士《はくし》をつれだしたらしいんですが、そのむすめが、いったいなんのために、どこへつれだしたのか、まるで謎《なぞ》みたいで、警察*ではそのむすめを、今、さがしているそうですよ」

「その博士《はくし》って、いくつくらいで、どんな顔かしら」

「五十五、六で、髪の毛をながくさせた、体格のいい、顔色のつやつやした大男ですって。だれか災《さい》難《なん》にあったものがあったら、すぐ警察へとどけでるようにと、アナウンサーがいってましたよ」

英子は、ゆうべ自分をおそった大男のすがたを、頭の中でじっと思いうかべてみました。どうもラジオの話と、人相《にんそう》がよくにているようです。

しかし、まさかそれをつれだしたむすめが春美だろうなどとは、夢にも思いませんでした。その英子の顔を、相良弁護士はだまって横から見つめていました。弁護士の目のなかには、英子をあわれむような光がただよっていましたが、

「ほら、ごらんなさい。東京には、そんなあぶない人間が、ウヨウヨいるんですよ。だから、ぼくの

すすめる石神を、ぜひ今夜からうちへおいたほうがいいですよ」

と、またすすめました。

「でも、こんなせまいうちの、どこにおくんです」

「どこだって、かまやしませんよ。今、思いついたんですが、うらに物置小屋《ものおきこや》があるでしょう。あそこにとうぶんすまわせたらどうです。どうせあなたは、じきにもっと大きなうちへ越《こ》すようになるでしょうから」

「ごはんはどうするんです」

「そんな心配は、なにもいりません。あれは、かってなところで食べ、かってにねたりおきたり、出たりはいったりするでしょう。いやだったら顔も見ず、口もきかなくてもいいんです」

「でも、その人にいっぺんは会っておきたいわ」

「よろしい。ではとにかく、おくことにきめてください。さっそく当人にしたくをさせて、夕《ゆう》がたまでに、こちらへよこすことにします」

そういうと、まもなく相良弁護士は帰っていきました。すると、それから五分とたたぬまに、げんかんでよびりんの音。つづいて、

「あら、いらっしゃいまし。英子さん、春美さまがいらっしゃいました」

と叫《さけ》ぶ芳おばさんの声がきこえました。

「ごきげんよう。きのうはごちそうさまでした。また近所まで来たからよりましたの」

と、ほがらかに笑いながら春美があがってきました。

そして、ぜいたくな毛皮のコートをぬいで、えんじ色のあざやかなスーツすがたになると、

「ゆうべ、どろぼうがはいったんですって。今、おばさんがこわそうな顔をして話してたわ。いったい、どんなどろぼう。なんにもとられなかったの」

と、大きな目をくりくりさせてききました。

英子はすきな春美の顔をみて、うれしくなり、その胸にすがりつくようにして、ゆうべのおそろしい経験をくわしく話しました。

それから今しがた相良弁護士がきて、財産目録《もくろく》をくれたことや、石神という用心《ようじん》ぼうの男が、今夜からとまるようになったことまで――。

「石神。どんな男だろう。あの相良のやつ、どこでそんな男を見つけてきたんだろう」

春美は英子の話をきくなり、けわしい顔になって、こうつぶやきました。それから、

「英子ちゃん。あなたはもう千万長者《せんまんちょうじゃ》になったのだから、これから相良なんて男を、あんまり信用しちゃだめよ。あれはおなかの黒い人よ。石神なんて、こじきみたいな男をつれこんで、どんなわる

いことをするつもりかわかりゃしないわ。ことによると、ゆうべ気ちがい男をいれたのも、相良かもしれなくてよ。だって、このうちのかぎを作らせたのはあの人だから、かぎなんか、いくつでも註《ちゅう》文《もん》することができるんですもの」

すきな春美にこういわれると、英子はふっと相良弁護士がこわくなりました。

今まで信じぬいていたその人が、きゅうに悪者《わるもの》のように思われてきました。

物《もの》置《おき》の男

いきなり、風のようにやってきた春美《はるみ》は、さんざん相良《さがら》弁護士のわる口をいうと、また風のように帰っていきました。

英子《えいこ》は、ゆうべのおそろしいことが、まだあたまにのこっていて、なんだかさびしく、もっと長く春美に話していてもらいたかったのですけど。それで春美を送りだしてからも、英子は、しばらくじぶんの部屋のいすでじっと、いま春美からきいたことを思いだしていました。

「相良弁護士って、ほんとうにそんなわるいひとかしら」

英子は首をかしげて、ひとりごとをいっていました。なんでも春美の話によると、相良弁護士は、もと春美のうちでたのんでいた弁護士だった。ところが、春美のおとうさんが死んだあと、財産の仕《し》末《まつ》をさせると、どうもわるいことをしたらしく、その財産を半分ぐらいにへらしてしまった。それで春美のうちをことわられ、それから向井男爵《むかいだんしゃく》のうちの弁護士になった。それでしぜん今では、春美のうちでもむこうをよく思わないし、弁護士のほうでも、春美たちをけむたがって、ちょいちょい悪口などいっている。そんなひとだから、よっぽど気をつけなければいけない。

ことに相良が今夜からよこすという、その石神《いしがみ》さんて、えたいのわからない男は、なるべくことわったほうがいい、ということでした。

あのきれいでやさしい春美が、まさか根も葉もないうそをつくとは思われず、春美のことばを考えれば考えるほど、英子はだんだん相良弁護士がきらいになってきました。

と、いつかもう、窓のそとは、うす暗くなりかけ、はしごだんの下から、

「英子さん、ちょっと」

と、よぶ芳《よし》おばさんの声がきこえました。

「おばさん、なあに」

「お客さんですよ。相良さんの手紙を持ってあなたにあいたいって、きたならしいおじいさんが来てますよ」

英子はとりあえず、げんかんへ行ってみました。

そこには、狩人《かりうど》のかぶるような毛皮のぼうしをすっぽりかぶり、黒メガネをかけ、古いカーキ色の服をきた男が、しょんぼり立っていました。

「なんのご用ですの」

「わしは石神作三《いしがみさくぞう》っていいます。相良さんの紹介状《しょうかいじょう》を持ってまいりました」

その男はぼうしもとらず、ぶっきらぼうにあいさつをして、左の手をポケットにつっこみ、手紙をだしてわたしました。

春美からいわれたせいか、英子はひと目みるなり、この石神という男がなんだかきみがわるくひどく不潔《ふけつ》な気がしました。それで、いやいや手紙をうけとると、ろくに読みもせずつっけんどんに、

「わかりましたわ。でも、あなたをいれる物置《ものおき》が、まだおそうじできてないの。だから、今夜は帰ってちょうだい。いずれ、したくができたらおしらせしますわ。あなたから、相良さんにもそういってちょうだい」

と、追い帰しにかかりました。

だが石神は、兵隊のようにぎょうぎただしくつっ立ったまま顔色ひとつかえず、

「いや、そうじなんかわしがします。では、ごめんください」

といったなり、さっさとじぶんで物置《ものおき》のほうへってしまいました。英子があっけにとられて、まだ

げんかんでぐずぐずしていると、すぐにうらのほうで物置《ものおき》の戸のあく音がして、それから、なかのいろいろなものを片づけるらしい、ガタビシャという音がきこえてきました。

「まあ、ずうずうしい。ひとがことわったのに、へいきで物置《ものおき》へなんか行って。これじゃ、だれがこのうちの主人なんだか、わかりゃしない」

英子は、ぷんぷんおこりながら、さっそく台所へいって、

「ねえ、おばさん。あの石神って男、ひとが帰れといったのに、へいきで物置《ものおき》へいったわよ。今夜から、もうあそこにすまうつもりよ。どうしよう」

と、顔をまっ赤《か》にしてうったえました。芳おばさんは目をまるくして、

「ああ、あのひとですか、相良さんがいった用心棒《ようじんぼう》ってのは。ずいぶんきたないおじさんですわ。でも、弁護士さんがよこしたのなら、悪いひとじゃないでしょう。いうとおり、だまっておいておあげなさいな」

「だって春美さんの話では、相良さんもあんまりいいひとじゃなさそうよ。あんなひとのいうことをきいて、女ばかりのうちに、えたいの知れない男なんかおかないほうがいいって」

「でもねえ、英子さん。わたしの見たところでは、あの相良さんはりっぱな弁護士ですわ。男らしくて、さっぱりしているところが、顔やすがたや口のききかたにもあらわれていますわ。あのかたが

きょうまでしてくださったことで、なにか悪いことがありましたか？　だいいち死んだ向井男爵《むかいだんしゃく》が、あれほどたくさんの財産のしまつをたのんだことでも、あのかたのりっぱなことのしょうめいになるじゃありませんか。

英子さん、むやみにひとの悪口なんか信用するものじゃありません。わたしなら、どっちかといえば、まあ、春美さんよりは相良さんのほうを信用しますわ」

と、芳おばさんは、ひどく反対でした。

これをきくと、英子は、また迷いました。
＊こんどは芳おばさんのいうことが正しくて、春美のいったことがあてにならないようにも思われてきました。そこで、
「じゃあ、おばさんにまかせるわ。わたし、あんな男もう見たくないから、用があったら、これからおばさんがぜんぶ口をきいてちょうだい。たのむわ」

といって、ぷいと二階へあがってしまいました。

やがて物置《ものおき》の中はいちおう片づいたらしく、なんの音もきこえてこなくなりました。

でも、英子のあたまの中には、まだ黒メガネの石神がこびりついています。

「あの物置《ものおき》の中をどう片づけたんだろう。そして、どこらへんに、どんなかっこうで寝たり起きたり

するんだろう」

　そんなことを考えながら、晩《ばん》ごはんになると芳おばさんが話しだしました。

「わたし、さっき、物置へ行って見てきましたわ。もうきれいに片づいて、すみっこにあのひと、ちょこんとすわっていましたよ」

「それで、ねるときのおふとんや毛布なんかあるの？」

「ええ、どうやって持ってきたんだか、ちゃんとありましたよ。それがみんな、新しくはないけどなかなか上等な品《しな》で、きれいにおせんたくしてあるんです。英子さん、あの石神*ってひとは、きっと、もと身分のよかったひとですよ」

「それで、夜はどうするつもりかしら。あそこ電燈《でんとう》がないからまっくらでしょう」

「ええ、わたしもそのことを心配してきいてみたんです。ところが、いうことがかわってるんです。わたしは年よりで本も読まないから、あかりなんかいらない。くらいところで何時間でもじっとひとりで考えごとをしてるのがすきなんですって。それから、もう、ひとりでかってに寝たり起きたり、出たりはいったりしているから、もういっさい気にしないでくれといっていました」

「おばさん、あのひとの顔よく見て」

「いいえ、なにしろあんな大きな黒メガネをかけているんですもの。でもそう品《ひん》のわるい顔じゃありません。なるほど右の手がわるいらしく、なんでも左の手でやっているようです。

とにかく、相良さんがよこしたんだから、英子さんも気にしないで、とうぶんあのままにしといたらいいでしょう」

それから、翌朝のごはんのときに、芳おばさんは、また石神の新しい話を英子にきかせました。

それは、ゆうべおそく、ねる前に庭へ出てみたら、むこうの、まっ暗《くら》やみの中に、ぽつんと赤い火が見えた。こわごわ近《ちか》よって見ると、石神が石の上に腰かけて、すましてタバコをすっていたということ。

それから、けさ、夜があけるとすぐ、石神はどこかへでかけたらしく、物置小屋《ものおきこや》はきちんとしまっていた。おまけに、いつとりつけたのか、だれもるすには入れぬよう、その戸に新しい錠《じょう》まえができていたことなどでした。

死の島

ここは小森春美《こもりはるみ》と母親の荒子《あらこ》がくらしているやしき。お天気のよい午後でした。母親の荒子は、えんがわのゆりいすにこしかけて新聞を読み、春美は庭にいました。

「ねえ、ママ」

「なんです」

「ママはこのごろ、どうしてそんなに元気のない顔してるの。ため息ばかりついてるじゃないの」

「どうしてって、あなたにもわかるでしょう。お金がだんだんなくなるからですよ」

荒子は新聞をひざの上におき、とがめるような目つきで、むすめを見ました。

「あなたも知ってるとおり、おとうさんが死んでから、このうちには、はたらく人がいないのです。わたしたちは、ただ銀行へあずけたお金を使ってくらしていくだけなのです。

それなのに、あなたはぜいたくで、お金のありがたみなどちっとも知らない。新しい洋服はどんどんつくる。たかい自動車をかって乗りまわす。映画や音楽会へはお友だちを何人でもさそってでかける。まるで湯水《ゆみず》のようにおこづかいを使うじゃありませんか。これでは、もうこの家《うち》のやっていきようがありません。

わたしはもうじき、この住んでいるうちを売らなくちゃならないんじゃないかと、はらはらしているんです」

「ああ、そうなの。ママの心配ってお金のことなの。それならだいじょうぶよ。そのうちにはどうにかなるわよ」

「どうにかなるって、あなたさえしっかりしていれば、いまごろわたしたちは、死んだ向井《むかい》のざいさんをのこらずもらって、大金持《おおがねもち》になってたんですよ。それをあんなこじきみたいな英子《えいこ》にのこらず横どりされちゃって」

「それはしかたがない運命だわ。英子っていえば、あの子このごろたいへんなけいきよ。こないだ買ったうちがせまいので、またずっと大きなうちをたてるらしいし、新型の自動車を買うらしいわ」

「どうせ毛糸なんか売って歩いてた子だもの、きゅうにお金持《かねもち》になって、なにを買っていいかわからず、きっとのぼせてうろうろしてるんだよ。それなのに、こっちは、だんだん貧乏《びんぼう》になるなんて、くやしくてなりゃしない」

「ママ、そういうけど、英子ちゃんて、なかなかりこうでいい子よ」

「でも、おまえ、このごろちっとも遊びに行かなくなったじゃないか。どうしたの。おまえでも、さすがにあの子のごうせいなくらしを見ていると、やきもちがやけてくるのかい」

「そんなことはないけど、このごろあの家に石神《いしがみ》って、みょうなおじいさんがきてるんだもの。それがあの相良《さがら》弁護士のせわだとかいって、物置《ものおき》に住んでいて、わたしが行くと、みょうな目つきでじろじろ見るの。

このあいだも帰りにふりかえったら、わざわざ門のそとにまで出てきて、わたしをじっと見おくってるんだもの。わたし、うすきみがわるくて、それっきり行く気がしなくなったのよ」

「まあ、相良弁護士、どこからそんなもの連れてきたんだろう。春美、それはおまえのまるで知らないひとかい。年はいくつぐらいで、どんなようすのひとだえ」

「大きな黒メガネをかけてるから、顔はよくわからないけど、とにかく見たことない男よ。年は五十ぐらい、ことによるともっととってるかなあ。ふるい兵隊の服みたいなもの着た、ずんぐりした男よ」

ふたりの話が切れたとき、荒子は、ふと庭石《にわいし》の上にしゃがんでいる春美のすがたを見ました。そして、あきれたように声をかけました。

「春美、おまえ、またそんなことをしてるんだね」

春美がしゃがんでいる石の横には、小さな穴があいており、そこには、アリがぞろぞろ出たり入ったりしていました。そのアリの行列を、春美はさっきから手に持った小石で、せっせとたたきつぶしているのでした。

「あら、わたし知らないでやってたわ。ねえ、ママ、わたしはどうしてこう生きものを見るとすぐ殺したくなるのでしょう」

春美ははずかしそうにいって、石をなげて立ちあがりました。

「それがおまえの一ばん悪い病気なんだよ。＊だからわたしは、お金がほしくても、おまえにはいえないんだよ。いつかあの英子を、自動車でひきころそうとしたような気もちに、またおまえがなったらたいへんだからねえ」

荒子がこういったとき、春美はそのことばを背なかできいて、さっさとじぶんの部屋のほうへ歩いていました。きゅうになにか考えが、あたまにうかんだらしいのです。その顔は、紅《べに》をさしたようにまっ赤《か》になり、目にはあやしいひかりがぎらぎらとかがやいていました。

そして部屋へはいると、春美は、すぐ万年筆をとり、テーブルの上にあったきれいな花もようのびんせんに、なにかさらさらと手紙を書きました。それから、

「そうだ、これがいちばん、早みちかもしれない。そして、あとできかれたら、じぶんは知らないと、どこまでもいいはればいいんだわ」

とつぶやきながら、さっそく女中《じょちゅう》をよび、できた郵便をださせにやりました。

きょうも朝からいいお天気。いま、ひろい京浜国道《けいひんこくどう》を、横浜《よこはま》のほうめんへ走っている自動車があります。水色にぬった、フォードの最新型の自動車。

運転しているのは小森春美《こもりはるみ》で、それにぴったりよりそって、運転台にならんでいるのは加納英子《かのうえいこ》でした。

春美はなれた手つきでハンドルをうごかし、たくさんのくるまが通りすぎるあいだを、うまくすっ

すっとくるまを進ませながら、英子に話しかけていました。

「ほんとうによかったわ。あなたが来てくださって。わたしなんだかきゅうに海が見たくなったのよ。でも、ひとりでドライブはつまらないでしょう。それで、もしかと思って、速達《そくたつ》あげてみたのよ」

「わたしもうれしかったわ。江《え》ノ島《しま》なんて、おとうさんやおかあさんがまだ生きていた子どものとき、一度つれて行ってもらっただけですもの。なつかしいわ。わたし行ったら、きっといろいろなこと思いだすわ」

「でも、江《え》ノ島《しま》なんて東京《とうきょう》に近くて、いつでもすぐ行ける、ごく平凡なとこでしょう。わたし、きっとあなたが、おことわりになると思ったわ」

「いいえ。それに、電車なんかでなく、春美さんとふたりきりのドライブですもの、すばらしいわ」

こういう英子は、おせじでなく、ほんとうにたのしそうでした。やがて、自動車は横浜《よこはま》を通りぬけて、山道《やまみち》にはいったかとおもうと、間《ま》もなく青い海がみえ、その上にみどりのさざえのカラのように浮いている江《え》ノ島《しま》が見えました。

春美は、新しいコンクリートの橋の前で自動車をとめると、ふたりはそこから仲《なか》よく手をつないで歩いて橋をわたりました。

石段の両がわにならんでいるおみやげものの店からかかる、

「いらっしゃい」

「およりなさい」

というにぎやかな声をききながら、ふたりは島のてっぺんまでのぼりつめ、それからまたくだっていきました。

やがて、見はらしのいい、稚児《ちご》ガ淵《ふち》というところへくると、ふたりは一けんの茶店《ちゃみせ》へよって、名物の、さざえのつぼやきを食べながらひと休みしました。

それから、またほそい岩道《いわみち》をおりて、こんどは有名な、弁天《べんてん》の岩屋《いわや》を見物しました。

岩屋《いわや》から出てくると、ふたりは、そのすぐ前の、海につきでた大きな岩の上にのぼって、しばらくあたりのけしきをながめてたのしんでいました。

「ああ、なつかしい。小さいとき、わたしがここへ来たとき、この岩がこわくて泣きだしたのよ。なんだかそんなこと、ついきのうのことのように思われるのよ」

と英子は、とてもなつかしそうにいって、それからまた、ひとりごとのようにつぶやきました。

「あのころがわたしの一ばんたのしかった時代だわ。おとうさんもおかあさんもいたし、うちにお金もあったわ。それからまもなくおとうさんが死んで、わたしたちの苦労がはじまった。

そして、その苦労がだんだんひどくなって、とうとうおかあさんまで死んじゃったんだわ。ああ、

それからずっといつもたったひとりで、いろんなものを売り歩いてくらしていたみなしご時代。

でも、あのやさしい向井男爵《だんしゃく》のおかげで、わたしは、いましあわせになれた。そうすると、こんどは、いまのこのしあわせを、すこしでも死んだおかあさんにわけてあげたくなるのよ」

春美もついさそわれて、その手をとり、

「まあ、かわいそうな英子ちゃん。あなたもずいぶんくろうしたのねえ。でも、もうだいじょうぶよ。いまではあなたはすばらしい大金持《おおがねもち》なんですもの」

と、こころからなぐさめました。

ところが、ふたりがその岩をおりて、また、もとの岩道《いわみち》を帰りはじめると、春美の心はさっときゅうにかわりました。

(あら、わたしはなにをぐずぐずしてるんだろう。きょうわたしは、英子をこの江《え》ノ島《しま》のどこかのがけの上から海へ突《つ》き落《おと》すつもりで、ここまでつれてきたんじゃないか。

そうすれば、英子の財産はすぐわたしたちのものになるはずだった。ええ、しまった。そうしたら、こんどはどこでこの子をころそうか)

春美は心の中で、こんなおそろしいことを考えていました。そのうちに、

(ああ、いいところがある)

と、春美の目は、きゅうにまた、らんらんとあやしくかがやきだしました。

山道《やまみち》のできごと

弁天《べんてん》の岩屋《いわや》からのもどりみち、石の坂《さか》みちを、江《え》ノ島神社《しまじんじゃ》さしてのぼっていくとちゅうに、左へぬける細道があります。

おみやげの貝ざいくを売る店と店の間《あいだ》にはさまっている、ほそい横道なので、たいていの人は知りませんが、島にすむ人たちはみんな知っています。

これは入口の橋までいくには、たいへんな近道なのです。

ただ見物にきたお客にこの近道を通られると、おみやげが売れなくなるので、島の人たちはできるだけここを秘密《ひみつ》にしているのでした。

ところが、春美《はるみ》は、もと片瀬《かたせ》の西浜《にしはま》でよく海水浴をしてくらしたので、この近道を知っていました。

そこは左手に海、右手に青々としげった山の間をいく、とてもしずかな小道で、めったに人にあうこともないのです。春美は、英子《えいこ》にこんなせつめいをしたあとで、さきに立ってその近道へはいっていきました。

ここは石段もなく、しだいにくだりながら、ふもとへおりていく、とてもらくな道。――シーンとして、森の中では小鳥がなき、左手のがけのむこうに白帆《しらほ》がうかぶ。片瀬《かたせ》、鵠沼《くげぬま》あたりの砂浜に、よせてはくだけるきれいな波のけしきが見えます。

「あら、いい道があるのね。まるで江《え》ノ島《しま》の中とは思えないしずかなところねえ」

英子はむじゃきに、とてもよろこんで、おどるようにして歩いていきます。

しかし、ならんでいく春美の胸には、わるい計画がうずをまいていました。

(さあ、どこらへんで英子をつき落《おと》そうか。ぐずぐずして人が来てはじゃまだし、そうかといっていいかげんなところでつき落《おと》したら、英子は、うまく海に落ちずに、やぶか、木の根にひっかかって助かってしまうだろう。ああ、早くいい場所が見つかればいい)

春美の目は、エサをさがすオオカミのように、きょろきょろみたりを見まわしていました。

そんなこととは夢にも知らず、英子はたのしさに小声で唱《しょう》歌《か》などをうたいながら、

「あら、こんな花がさいている」

などといって、しゃがんでかわいい草の花をつんだりしています。

そのうちに春美は、ねがってもないいい場所を見つけました。

それは、海につきだした高いがけの上で、ずっと下の海まで岩ががけのようになっています。

ここから落ちたら、どんな人でも、とちゅうで息がつまるか、さもなくば、どぶんと深い水の中に

もぐって、まちがいなく死んでしまうでしょう。

（ここだ。ここにかぎる。そして、*英子ちゃんをつき落《おと》したら、すぐ大声をあげてかけだすんだ。そしてだれかを呼んで、友だちが足をふみはずして海へ落ちちゃった、といってそら涙をこぼすんだ。そうすれば、だれもわたしをうたがいはしない）

春美はおそろしいけっしんをしました。

とたんに、さきを歩いていく英子に、

「英子ちゃん、ちょっとここへきて。とてもいいけしき。富士山《ふじさん》が見えるわよ」

と、声をかけました。

「あら、どこに」

英子がかけもどってきました。

「そら、その木の右のほう、とてもきれいだわ」

春美は、なんにも見えない空をゆびさしました。

「どれ、どれ」

英子はうまくつられて、がけっぷちとすれすれのところに立ちました。一生けんめい、春美のゆびさしたほうをながめています。

うつくしい春美の顔が、たちまち鬼《おに》のようになり、その両眼《りょうめ》がぎらぎらとあやしくかがやきだしました。

（よし、今だ。やっちまえ）

こころのそこで、悪魔《あくま》の声がこうさけぶと、すばやく両手をのばして、うしろから英子のからだを、力いっぱいつきとばそうとしました。

ところが、その時、どこからか、

「エヘン」

という大きなせきばらいがきこえました。

男の、――しかも年とった人のせきばらいです。春美は、ぎょっとして、のばしかけた両手をひっこめ、あわててあたりを見まわしました。

と、海と反対のがわにある、もりあがった丘《おか》。そこの木の中に人かげが見えました。あまりせいの高くない、ずんぐりした男でカーキいろのろうどう服のようなものを着、黒メガネをかけて、黒い飛《ひ》行帽《こうぼう》のようなものをかぶっています。

（あら、どうしてこんなところに、こんな男がいるんだろう）

と、春美はびっくりしました。

「富士山《ふじさん》見えないじゃないの。春美さん、どこに見えるの」

なんにも知らない英子は、とがめるようにいって、この時《とき》、うしろをふりかえりました。

そして、木の間《あいだ》のその黒メガネの男に気がつくと、これもびっくりしたようにじっとながめましたが、

「あっ、石神《いしがみ》さん。石神さんじゃないかしら」

と、まゆをひそめてつぶやきました。

「こんにちは。お嬢《じょう》さん。お嬢《じょう》さんがたも、江《え》ノ島見物《しまけんぶつ》でしたか」

石神は、みょうな、しわがれた声であいさつして、するすると下へおりてきました。

(石神。さてはこの男が、英子の話した石神か。相良《さがら》弁護士が、英子に世話《せわ》したという石神か)

そうおもって春美はあらためて、このえたいのわからない老人を見つめました。

(だが、その石神が、どうしていま、とつぜんここへあらわれたのだろうか。

せっかく、もうちょっとで英子を殺すというだいじなときに、まもののようにここへ出てきたのだろうか)

春美の目は、このにくらしいじゃまものを、きっとにらみつけました。英子のほうも、おもいがけない場所に石神がいたので、おどろくといっしょに、ひどくふゆかいになったようでした。おもわず

声をあらくして、

「石神さん、あんたはどうしてこんなところへきてるの」

と、とがめるように叫《さけ》びました。

「へえ、お散歩のおじゃまをしてごめんなさい。わたしもじつは江《え》ノ島見物《しまけんぶつ》にまいったんです。きょうは用もなかったので、あそびに出かけ、気まぐれに、この上の神社のうらから、ずるずるおりてきたんです。お嬢《じょう》さんがたがここにいらっしゃるとは、夢にもおもいませんでした。どうもすみません」

石神はぴょこんとあたまをさげました。

「でも、あなたはうちの番人《ばんにん》でしょう。うちの番人《ばんにん》が、あそびに出て、こんなところを歩いていては……」

と、英子はおこってどなろうとしましたが、とちゅうまでいいかけて、ふと考えました。石神は相良弁護士が、じぶんにつけてくれた用心《ようじん》ぼうの男です。だからじぶんがうちにいないときは、この男には用事がなく、どこを歩いてもさしつかえないのです。

でも、まだ、なんだかしゃくにさわるので、

「あんた、わたしたちの後《あと》をつけてきたんじゃなくて。相良さんのたのみかなんか知らないけど、わ

たし、そんな、探偵《たんてい》みたいなことする人、きらいだわ」

と、かんではきだすようにいいました。

「いえ、いえ、けっして、そんなわけじゃありません」

と、石神はひどくきょうしゅくしたふうでした。

「あんた、なんできたの。小《お》田《だ》急《きゅう》電車《でんしゃ》できたの」

英子が、またききました。

「いや、わたしは自動車できました。ちょっと友《とも》だちの車があいていたので、それを運転してまいったのです。それで、あの、なんなら、お帰りのときは、それでお送りしましょうか」

「まあ、自動車」

英子はこの返事に、二度びっくりしました。年《とし》よりで、かたわの石神が、じぶんで自動車を運転するなんて、英子には、思いもつかないことでした。

だが英子は、春美にいろいろちえをつけられて、相良弁護士のことも、この石神のことも、あまり、よく思っていなかったので、つい、つっけんどんに、

「*いいわよ、わたしたちにも車があるわよ。あんたのせわにはならないわよ」

と叫んでしまいました。

石神は、とんだところへ出てきて、ご主人のきげんをわるくしたのを、ひどくすまなく思ったようで、

「どうもすみません。みょうなところへ来て、おあそびのおじゃまをしてすみませんでした。では、どうぞごゆっくり」

と、また、なんども頭をさげて、ゆるゆる、坂道をおりていってしまいました。

ふしぎな発見

「へんだわねえ。あの石神《いしがみ》っていう男」

春美《はるみ》は、うしろすがたをしばらく見送ってから、じっと考えこみ、しばらくしてこう英子《えいこ》にいいました。

「どうして。そうへんでもないわ。あの人でも人間だし、天気がよくて、ひまだったので、見物にきたんでしょう。それに友《とも》だちのくるまがあいてたので、きっとドライブしてみたくなったんだわ」

と、英子はすなおに思ったとおりをいいました。

「いいえ、たしかにへんだわよ」

と春美は、まだうごかず、まゆをひそめたまま、

「わたしあの人の顔、どこかで見たことがあるわ。それからあの声にも聞きおぼえがあるのよ。でも、それがだれだったか思いだせないの」

「戦争にいって、左の手と足をわるくしたって相良さんがいってたわ。いつの戦争かしら。太平洋戦《たいへいようせん》争《そう》には、だいぶ年とった人もでたから、あんがい太平洋戦争《たいへいようせんそう》かもしれないわね。

でも、あんな人あなたが知っているわけはないわ。きっとそれは、なにかの思いちがいよ」

と英子がいうと、春美は、まだ、じれったそうに頭をげんこで、とんとんたたいて、

「わたし、頭が悪くなったのかしら。どうしても思いだせない。たしかにあの人の感じはだれかに似《に》ている。しかも、それがわたしのよく知ってる人なのよ。

ああ、どうしたんだろう。どうして思いだせないんだろう」

と足で、ばたばた地面をふんでいました。

英子は、ふと気がついて、

「そう、そう。わたしたち、富士山《ふじさん》を見ようとしていたんだわね。春美さん、いったい富士山《ふじさん》どこに見えるの」

いわれて、春美はわざともったいぶって、もう一ぺん、がけの上から西の空をながめましたが、

「あら、もう雲にかくれちゃったわ。いましがたまで、あすこにきれいに見えていたのに」

と、うまくごまかしました。

だが、これで、せっかく英子をころそうとして、ここまできた計画は、みごとにこわされてしまいました。

春美は心の中で、じゃまをした石神がにくくてたまらないとともに、あのえたいのわからない老人がひどくうす気味《きみ》わるくなりました。

また、英子と坂道をならんでくだりながら、心の中では石神老人のことばかり考えていました。

(いったい、あの石神の正体はなんだろう。あのふしぎな男はじぶんが英子をころそうとしてここへつれてきたことを知っているのだろうか。

でも、どうしてじぶんの気もちが、あの男にわかったのだろう。どうもふしぎだ。東京《とうきょう》へもどったら、さっそくあの男の身もとをよくしらべてみなければならない。それからだれに似《に》ているのかも、もう一ぺんよく考えてみるひつようがある。どうもこまった用心《ようじん》ぼうがでてきたものだ。まず第一にあの男を、どうにかしておっぱらわなければ、英子の財産はわたしのものになりそうもない)

そのうちに、いつかふたりは、江《え》ノ島神社《しまじんじゃ》の入口の大鳥居《おおとりい》の下へでていました。長い橋をわたると、ふたりは、また仲《なか》よくドライブして、夕《ゆう》ぐれの東京へ帰りました。

「おばさん。わたしきょう、とてもふゆかいなことがあったのよ。それで、わたしすぐ相良《さがら》さんへ電話かけようと思うの」

うちへはいるなり、英子が、青い顔をしてこういったので、芳《よし》おばさんはびっくりしました。

「どうしたんです。英子ちゃん」

「江ノ島へいったら、あの石神が、ぶらぶらあそびにきてるのよ。おまけに自動車なんかにのって。相良さんにしょうかいされたからといっても、石神はわたしのうちで使っている人でしょう。わたしが月給払っているんでしょう。

それが、昼間っからあんな遠いところへあそびにいっていて、ご主人のわたしが知らないなんて、みっともないわ。わたし、春美さんのまえではずかしくなっちゃったわ」

「まあ、ほんとうですか。そういえば、きょうはまだすがたが見えないようだったけど、あんなおじいさんのくせに、なんで江《え》ノ島《しま》なんかいくんでしょうね」

「だいいち、あんな男、うちに入用《いりよう》ないわよ。だから、わたし、相良さんにそのことといって、きょうかぎりあの石神をことわってもらうわ」

英子はぷりぷりしながら、さっそく電話で相良弁護士を呼びだしました。

やがて、電線*のむこうから、はっきりしておちついた弁護士の声がきこえてきました。

英子は、これまでにないけわしい調子で、きょう、江ノ島《えしま》へいって石神老人にであったこと、それから、あんなえたいのわからない人をうちへおいておくのは、いやでいやでたまらないから、ぜひ今夜きりでことわってくれということをくりかえし話しました。

ところが、どういうわけか、ほかのことでは、いつもしんせつでやさしい相良弁護士が、これだけは、よういに、『うん』といわないのです。

「英子さん、お話はよくわかりました。でも、よくおちついて、もういっぺん考えてみてください」

と、弁護士の声はしずかに、さとすようにいいつづけるのでした。

「……あなたが向井元男爵家《むかいもとだんしゃくけ》のあとつぎときまってから、どんな事件があなたの身のまわりに起《おこ》ったか、思いだしてみてください。

まずお正月の七日《なのか》の晩《ばん》。わたしたちのさいしょの話がきまった帰りみち、あなたはあぶなく自動車にひきころされるところだったでしょう。運がわるかったら、もうあの時、すでにあなたは死んでいたのですよ。

それから、二度めはこないだの夜中。あなたはおそろしい気ちがいに、もうすこしでしめ殺されるところでした。あのとき、いまもってだれだかわからないふしぎな救《すく》い手《て》が、窓からとびこんでこなかったら、やっぱりあなたは死んでいたでしょう。

とにかく、男爵家《だんしゃくけ》のあとつぎになってからのあなたの身には、つぎつぎとあぶない事件がおこっているのです。あなたのいうとおり、石神はきたない、えたいのしれないおやじかもしれませんが、ともかく、あの男をおせわしたわたしを信じて、もうすこしがまんしていてください。そんなかんしゃくを起《おこ》さないでください。いずれ、ぼくがそちらへいって、もう一ぺんよくお話をききましょう」

だが、火のようにおこっている英子は、がまんができず、電話口でどなってしまいました。

「いやです、いやです。わたし、どんなことがあっても、あの人をおくのはいやです。あの人を出してくださらなければ、わたしがこのうちを出ていきます」

そういって、英子はかんしゃくまぎれに、電話をきってしまいました。

それから五分たつと、もう英子は弁護士にらんぼうなことをいったのを、半分こうかいしたのですが、それといっしょに、いったい物置《ものおき》の中で、石神がどんなくらしかたをしているか、きゅうに見たくなりました。

それで夜になると、そうっと足音をしのばせて物置小屋《ものおきごや》へ近づいてみました。と、もう石神は帰ってきているらしく、中で人のうごくけはいがしていました。

しかし、なにしろ、一つぼぐらいの物置《ものおき》で、小さな窓が一つしかあいていず、その窓には、くもりガラスの戸がぴったりしまっていましたから、まるで、中のようすはわかりません。ただ、そのガラス戸に、うすくぼんやりと、電燈《でんとう》のひかりだけがうつっています。

(どこかに、のぞく穴でもないかしら)

英子はそう思って、ぐるぐるとまわりを歩いてみました。ところが、しばらくさがしているうちに、うらの板かべの間《あいだ》に、たった一つ、ちいさなすき間《ま》が見つかりました。そこからのぞくとごくわずかだけ、物置《ものおき》の中がみえます。

英子は音のしないように指さきを入れて、一生けんめいその重なった板をうごかしました。こんきよく、なんどもくりかえしているうちに、すき間《ま》はすこしずつ、だんだんひろがりました。そこに目をぴったりつけて見ると、はじめて中のようすが、いくぶんはっきり見えました。

石神は、さっき江《え》ノ島《しま》で会ったときの身なりで、じっとうでぐみをしてすわっていました。首をたれ、しきりになにか考えこんでいるようです。石神の左にちいさな机がありました。なにかおもいついたように、石神は机のそばへいき、鍵《かぎ》をジャラジャラさせて、その引《ひ》きだしを一つあけました。そして、なにか一枚の紙のようなものをとりだすと、じいっとそれをながめ、ふといため息をつきました。

そのうちに、いつか目がしらに涙《なみだ》がにじみでたらしく、石神はふといげんこつで、しきりに目をこすり、はなをすすりました。

(いったいこの男はなにを見ているんだろう。なんで泣いたりしているんだろう)

と、英子はふしぎに思い、いよいよぴったり目を板かべのすき間《ま》におしあてました。

と、そのうち石神が、からだのいちをすこしうごかしたひょうしに、手に持った紙が、ちょうど英子の目のほうに、まっ正面にむきました。おまけに、そこはちょうど電燈《でんとう》のま下のいちばん明《あ》かるいところだったので、英子にはその紙がなんであるかはっきりわかりました。

それは、きれいな洋服をきた少女の立ちすがたの写真でした。

しかも、その写真の顔を見ると、なんとそれは小森春美そっくりではありませんか。

帝国ホテル

加納英子《かのうえいこ》が、物置小屋《ものおきこや》をのぞいて、石神《いしがみ》のふしぎなふるまいにびっくりしていた晩、小森春美《こもりはるみ》も、じぶんの部屋で、じっと怪老人《かいろうじん》石神のことを考えていました。

(たしかに見おぼえがある。あの老人はいったいだれだろう)

（どうかしてあの男の正体をつきとめ、あの用心《ようじん》ぼうを追いはらう方法はないかしら）

さっき、江《え》ノ島《しま》から帰ると、さっそく春美は、晩《ばん》ご飯《はん》をたべながら、母親の荒子《あらこ》に石神老人の話をしました。

「それがママ、わたしどうしてもどこかで見たことのある顔なのよ。顔も、せかっこうも、それから声も、じれったいわ。ママ、だれだか思いだせなくて」

「さあ、五十ぐらいで、黒メガネをかけて、ずんぐりしたからだ――いくら考えても、そんなひと、うちへくるひとの中にはいないねえ」

と荒子は、ぞうげのおはしで、おさしみをつまみながら、もう一ぺんじっと目をつぶって考えて、

「春美、それはきっと思いちがいだよ。たしかに知っている人だなんて、それはおまえの気のせいだよ。やっぱり、その石神ってのはあの相良弁護士が、どこからやとってきたか知らないしろうと探偵《たんてい》にちがいないよ」

と、はき出すようにいいました。

しかし、春美は、いっぽん気《ぎ》なむすめです。いちど、こうと思いこんだからには、母親に、

「思いちがいだよ」

なんていわれたって、それなり思いきれる子ではありません。

じぶんの部屋へもどってからも、ながい間《あいだ》考えこんでいましたが、やがて決心したようにでてくると、母親に、

「わたしちょっと行ってくるわ」

と、声をかけました。

「まあ、いまごろからどこへ行くの、もう十時すぎですよ」

「でもわたし、ちょっとしらべたいことがあるの。すぐ帰ってきますわ」

荒子がまゆをひそめていると、やがてガレージをあける音がして、春美はじぶんの自動車を運転してどこかへ出かけました。夜の町を全速力でくるまを走らせ、春美がきたのは、英子の家のちかくでした。

くらい横町《よこちょう》でくるまをとめ、それから、人に見られないように気をくばりながら、春美は、歩いて英子の家の門のそとへきました。おそいので、英子も芳《よし》おばさんも寝たのでしょう。二階の窓からあかりももれず、スマートな洋館はしずかに夜のやみの中にたっています。

春美は門についた呼《よ》びりんをおそうともせず、しばらくじっとそとに立っていましたが、やがて、英子の家のへいのまわりをぶらぶら歩きまわり、ときどきへいに耳をあてて、なかのもの音を聞くようなようすをしました。

と、十分、二十分、しずかに時《とき》がながれると、とつぜんガチャリという音がきこえました。英子の家の大門《おおもん》の横についているくぐり戸があいたのです。これを聞くと、春美はとうとう待っていたものが来たというように、まんぞくそうに、にやりと笑って、*すばやくとびあがり、コウモリのように、ぴったりとへいにくっついて、じぶんのからだが見えないようにしてしまいました。

そうっとくぐり戸をあけてでてきたのは、黒メガネの石神老人でした。

老人は、まるで悪いことでもするひとのように、きょろきょろあたりを見まわし、ひとかげのないことを見さだめてから、びっこをひきひき、おもて通りのほうへ歩きだしました。

「やっぱりでてきたな。逃がすものか」

春美は、こうひとりごとをいって、老人を七、八メートルさきへ行かせてから、そっとへいからはなれ、あとをつけて行きました。

よちよちとおもてのひろい通りへでた老人は、しばらく行くと、きゅうに右手の横町《よこちょう》へまがりました。そこには一台のりっぱな自動車が待っていました。

ひとりの若い運転手が、老人のくるのを待っていたらしく、くるまのそとに立って、タバコをすっていましたが、老人のすがたを見ると、大いそぎでタバコをすて、帽子に手をかけて最敬礼《さいけいれい》をしました。老人はだまって、いばったようなかっこうをして、くるまに乗りこみました。

これを見てびっくりしたのは春美でした。あんなきたないかっこうをした石神が、自動車に乗ってでかける。それだけでもふしぎなのに、運転手が、あんなていねいなおじぎをするなんて、いったい、この男の正体はなんなのだろう。

だが、そう考えるひまもなく、春美は大いそぎで、じぶんのくるまのおいてある横町《よこちょう》へかけもどりました。もちろん、石神の乗ったくるまのあとを追いかけるつもりでした。

やがて、夜のみちを、二台の自動車があとさきになって走りだしました。さきのくるまに乗っているのは石神老人。それから五、六十メールはなれた車の中で、ハンドルをにぎっているのは春美です。石神老人が気がつかぬよう、しかも、はぐれぬよう、くるまをあやつっていく春美のくろうはたいへんでした。

やがて春美には、老人の自動車が、下町のほうへむかっていることがわかりました。

くるまはおほりばたを通り、皇居《こうきょ》の前を通って、りっぱなたてものの前でぴたりととまりました。見ると、そこは、東京《とうきょう》でもいちばん有名な帝国《ていこく》ホテルでした。くるまからおりた石神老人は、その宮殿《きゅうでん》のようなホテルの正面の大きな回転戸《かいてんど》をゆっくり手でおしあけてはいって行きます。

春美も、老人のくるまのすぐうしろにじぶんの自動車をとめましたが、さすがにこのありさまを見てびっくりしてしまいました。そして、両手で目をこすって思わず、

「これは夢を見てるんじゃないかしら。こじきのような石神老人が、こんなりっぱなホテルへはいるなんて」

とつぶやきました。

春美も、一、二度お客に呼ばれて、このホテルの食堂へはきたことはありますが、こんなに夜おそく、ひとりではいったことはありません。

だが、せっかくここまできて、石神を見うしなってはざんねんと、勇気をふるい起《おこ》し、じぶんもあとからドアをおしてはいりました。

ホテルの入口から、かいだんをのぼった正面は、あついじゅうたんをしいた広間で、あちこちに安《あん》楽《らく》いすがならび、大きなシャンデリヤが気もちのよいひかりを投げかけています。

春美はかいだんをのぼるなり、すぐ左がわにある売店の前に立ちました。ここでは、若いボーイが、外国の雑誌や書物や、東京名所《とうきょうめいしょ》の絵はがきなどを売っています。

春美はそこででたらめに、大ばんの流行の雑誌を一冊買いました。

そして、それを見るようなふりをして、顔を半分かくしながら、上目《うわめ》づかいに広間のようすをながめました。

と、むこうのすみのいすに、石神老人のすがたが見えます。昼間見たとおりのカーキ色の服をきで、飛行帽《ひこうぼう》を手に持ち、しらがあたまをむきだしにして、どっかりと腰かけています。

むきあいのいすには、若い背《せ》びろ服の紳士がいました。どうもその紳士は、さきへきて老人を待っていたらしく、いまふたりは話をはじめたところらしいのです。

春美のほうへせなかをむけた紳士は、まるで先生の前にでた生徒のように、いちいち頭をさげながら、とてもていねいに老人に話をしています。それとははんたいに、石神老人のほうはいすの上にそっくりかえり、ひどくいばったふうで、その話を聞きながら、大きくうなずいているのです。

春美は、それを見たとたんに、いったいあの紳士はなにものだろうか。石神をあんなにいばらせているのは、どういう人なのだろうかと思いました。

春美は、せっかくここまで来たのだから、なんとかして近くへ行って、できたら、ふたりの話を聞きたいとあせりました。

しかし、広間にはまだ大ぜいのお客がしゃべっていましたが、たいてい外国人で、その中を日本人の少女のじぶんがのこのこ歩いて行ったら、すぐ石神に見つかってしまいそうです。

それで、春美は、いらいらしながら、しばらく雑誌のかげからふたりのようすを見ていますと、やがてその若い紳士が、通りかかったボーイを呼びとめようとして、いきなり、くるりと春美のほうへ顔をむけました。

「あっ」

と、春美が、思わずさけびそうになりました。なんと、その若い紳士は、相良《さがら》弁護士だったのです。

春美は、なにがなんだかわからなくなってしまいました。石神という用心《ようじん》ぼうは、もともと相良弁護士が英子の家にせわをしたのだから、ふたりが今夜会って話をすることはふしぎではありません。

だが、どうして石神があんなにいばり、弁護士のほうがペコペコするのでしょうか。

おどろきがしずまるといっしょに、春美は、もうこれより長くここにいたって、石神の秘密《ひみつ》をさぐることはできそうもないから、今夜はもう帰ろうと思いました。と、ちょうど、そこへひとりのボーイが通りかかったので、春美は呼びとめて、そっとその手に百円札《さつ》をつかませると、

「あの、あすこのいすに年《とし》よりのひとがいるでしょう。わたし、あれがこのホテルにとまっているひとかどうか、それから、とまっているのなら、住所と名まえを知りたいんですけど、ちょっとしらべて来てくださらない」

とたのみました。

ボーイはうなずいて、さっそく、カウンターのところへ行き、しゃべったり帳面を見せてもらったりしてから、すぐ春美のところへもどって来て知らせました。

それによると、石神作三はそのとおりの名まえで、ずっとこの帝国《ていこく》ホテルにとまっているのでした。

そしてその住所は、相良弁護士とおなじ番地になっていました。

マリヤ・遊佐《ゆさ》

そのよく日。春美《はるみ》は、はやくからあちこち自動車でとびまわっていました。

どうも石神《いしがみ》のことが気になってたまらないのです。

第一に警視庁へ行って、ゆうべ見ておいた石神の自動車の番号をいい、そのくるまの持主《もちぬし》の名をしらべてもらいました。こうすれば、石神のほんとうの名まえがわかるかもしれないと思ったのです。

ところが、車の持主《もちぬし》の名まえもやっぱり相良《さがら》弁護士でした。相良弁護士を知っている五、六人のひとをじゅんじゅんにたずね、だれか石神という老人を知らないかきいてみました。

しかし、ふしぎなことにその人たちは口をそろえて、そんな老人は見たこともないし、またそんな老人の話を相良弁護士からきいたこともないと答えるのでした。

春美はくたびれて、いらいらして、銀座《ぎんざ》のある喫茶店《きっさてん》でひとり、紅茶をのんでいました。そして、

(とにかくえらいじゃまものが出てきた。石神というやつはホテルへいばってとまったり、相良弁護士のくるまをへいきで乗りまわすくらいだから、よっぽどお金もあるえらいやつにちがいない。こいつの目をくらまして英子をころすことはなかなかむずかしい。今までよりもずっと用心してやらなけ

ればならないぞ)

と考えていました。

しかもかち気《き》な春美のこころの中は、英子をまもる用心《ようじん》ぼうがつよければつよいほど、かえって、はやく殺してやろうという気もちが、はげしくもえあがるのでした。

すると、その喫茶店《きっさてん》へひとりの洋装をした四十ぐらいの女がはいってきて、春美を見るなり、

「あら、小森《こもり》さん、しばらく」

と、声をかけました。これは、もと、銀座《ぎんざ》に美容院をひらいていたマリヤ・遊佐《ゆさ》というゆうめいな女で、いまはしょうばいに失敗して、ぶらぶらしているひとでした。

マリヤ・遊佐は、春美とむかいあいのいすに腰をおろし、アイスクリームを注文してから、しばらく春美と話をしたあと、とつぜんこんなことをいいだしました。

「小森さん。あんた別荘を一けん買わない。場所はすこし遠いけど、外人が建てたとても安くてスマートな家があるのよ」

「あら、わたし別荘なんか買うほどのお金持《かねもち》じゃないわ。でも、それはいったいどこにあるの」

「九州《きゅうしゅう》の別府温泉《べっぷおんせん》よ。霞山《かすみやま》って、海を見はらして、温泉があふれるように湧《わ》いている、とてもいいけしきのところなの」

「へえ、別府《べっぷ》なら、わたし好きだわ。買えなくても一ぺん行って見物したいわねえ」

「飛行機で福岡《ふくおか》まで飛んでいって、あとすこしばかり汽車に乗れば、一日で行かれるわ。なんだったら遊び半分、わたしといっしょに行ってごらんにならない」

「そうねえ、二、三日うちに行ってみようかしら」

春美はひどく気のりしたように答えると、マリヤ・遊佐は、ふときゅうに思いだしたように、

「そう、そう、わたしわすれていた。その別荘、ぜひあなたに見て、買ってもらいたいけど、二、三日うちではだめだわ。もう半月ほどたってからがいいわ」

「どうして二、三日うちではいけないの」

「それは、いま霞山《かすみやま》では天然痘《てんねんとう》がはやっているからよ。それも今までにないような、とてもたちのわるい天然痘《てんねんとう》で、あたりまえの種痘《しゅとう》をしたくらいのひとは、それにかかるとばたばた死ぬんですって。だから、せっかくおすすめしたけど、行くならもうすこしたって、その天然痘《てんねんとう》がおさまってからがいいわ」

この話を聞くと、どうしたのか、春美は、きゅうにだまりこんでしまいました。

顔がきゅっとひきしまり、目がぎらぎらとひかりだし、じっと考えこみました。

「あら、小森さん、どうしたの。なにをそうきゅうに考えだしたの」

マリヤ・遊佐がふしぎそうに聞きました。すると、春美は決心したように目をあげて、

「遊佐さん。その別荘のねだん、いくらなの」

「二百万円で売りたいと持主はいってるのよ。もっともかけあいしだいで、もうすこしはまかるとおもうんだけれど」

「わたし、なるべく買うわ。でも、その前に大いそぎでいって、いちど見てきたいわ」

「でも、今はその天然痘《てんねんとう》があぶないからだめよ」

「天然痘《てんねんとう》なんかかまわないわ。わたし、あしたかあさって、ぜひお友だちをひとりつれていきたいわ。あんた案内してくださる」

「それは、あなたが行くならいくけれど」

マリヤ・遊佐は、別荘はうりたし、天然痘《てんねんとう》はこわしでみょうな顔をしました。

「それでは遊佐さん、とにかく行くことにきめて、わたし、それについて一つおねがいがあるわ。わたし、加納英子《かのうえいこ》さんというかわいいお友《とも》だちをさそってつれて行きます。このひとはわたしよりもなん百ばいものお金持《かねもち》だから、もしわたしが買わないような時《とき》でも、かわりにきっと買うと思うわ。でも、そのひとをつれて行くのには、その別荘があなたのものだ、ということにして、わたしたちはあなたのご招待《しょうたい》で遊びに行くということにしてくださらないとこまるわ。

もちろん旅費だの、むこうでの滞在費《たいざいひ》だのは、のこらずわたしが払《はら》います。ただ、あなたはお金持《かねもち》の貴婦人で、わたしたちを呼んで遊ばせるというつもりで、いばっていてくだされぱいいのよ」

「まあ、へんな話ねえ。あなたがぜんぶ費用をだして、わたしがそれをだした顔をしていばっているというのは、わたしとしてはとてもけっこうだけど、なぜそんなふうに見せかけなくちゃいけないの」

「そんなくわしいことはきかないで。とにかくそういうことにしてくだされば、わたしすぐ別府《べっぷ》へ行って、わたしか、英子さんのどちらかでなるべくその別荘を買うようにするわ」

マリヤ・遊佐はキツネにつままれたような顔をしました。しかし、たのまれた別荘をうまく二百万円で売れれば、じぶんもなん十万円というお金がもうかるのです。そこで、思わずにっこりして、

「オーケー」

といってしまいました。

「じゃあ、その話、それできめたわよ。あとはこれから帰って、わたし、その加納英子ちゃんに電話して、飛行機へのる日どりをきめるわ。そしてすぐ、あなたのところへ返事するわ」

と、春美はいさみたったように約束しました。

それから、春美とマリヤ・遊佐とは、しばらくほかの話をして、いっしょに喫茶店《きっさてん》をでました。だ

が、おもてで別れるとき、マリヤ・遊佐は、まだ気になるらしく、

「でもねえ、小森さん、あっちではやっている天然痘《てんねんとう》のことあんた、ほんとうに気にしないの。わたし、なるべくなら、行くのをもうすこしのばしたほうがいいと思うんだけど」

と念をおしました。すると、春美は、こんどはきゅうに、おこったような顔をして、

「まあ、遊佐さん、あんたは別荘を買えとすすめておいて、こっちが買う気になると、そんなこというのね。それなら、わたし、この話、もうやめるわ」

といいきりました。

このけんまくにおどろいたマリヤ・遊佐は、

「ごめん、ごめん。小森さん、わたしくどいことといって、あんたのきげんわるくしてごめんなさいね。じゃあ、もう二度とこんなことといわないわ」

とあやまって、こそこそと、横町《よこちょう》へまがって行ってしまいました。

やがて、じぶんの自動車へ乗りこみ、ハンドルをにぎった春美の顔には、勝ちほこるような決心のいろがあらわれていました。

「さあ、こんどこそうまくいくぞ。あの石神にも相良弁護士にもぜったい知らせず、つうっと飛行機で、英子を九州《きゅうしゅう》へつれて行ってしまうのだ。あとはわたしのあたま一つだ。あの石神のやつ、あわ

てあとを追いかけてくるころには、*もう英子はこの世に生きてはいないぞ。

ああ、きょう、あのマリヤ・遊佐《ゆさ》にあって話を聞いたとたん、わたしのあたまにうかんだ考えは、なんてすばらしいものだったろう。こんどこそ向井《むかい》のおじの財産は、のこらずわたしのものになる。きっと、わたしはうまくやってみせる」

春美はこんなことを心の中でつぶやいていました。

やがて、家へ帰ると、春美はすぐ英子のところへ電話をかけ、じぶんが二、三日うちに、たいへんなお金持《かねもち》の奥さんにまねかれて別府《べっぷ》の温泉の別荘へいくが、あなたもぜひいっしょに行かないかとさそいました。

それから、別府のけしきのうつくしさや、飛行機の旅行のゆかいなことを、いろいろうまいことばでならべたてました。これを聞いた英子はさもうれしそうに、

「あら、いいわね。わたしぜひいっしょにつれて行っていただきたいわ」

と、すぐむじゃきにさんせいしました。

「でも英子ちゃん、こんどの旅行の行《ゆ》きさきは、ぜったいだれにもひみつよ。またあの石神なんかに知られると、きっと江《え》ノ島《しま》みたいなふゆかいなことが起《おこ》るわよ」

と、春美が念をおすと、

「ええ、いうもんですか。石神には、わたしだってこりごりしたわ」

と、英子があかるい声で約束しました。

春美はにたりときみわるく笑って、その電話をきりました。

別府《べっぷ》温泉《おんせん》

ここは九州《きゅうしゅう》で有名な温泉の都別府《べっぷ》。うしろにみどりの山々をめぐらし、前に別府湾《べっぷわん》の青い波をながめ、四方八方から白い湯けむりが立っている、じつにけしきのよいところです。

町の中心から北へいった、山ぞいの霞山《かすみやま》。――ここは近ごろひらけた新しいしずかな温泉郷《おんせんきょう》で、みどりの丘《おか》のあちこちに、白いバンガロー風《ふう》のしゃれた別荘がたっています。

その中の一つの洋館のバルコンに、とういすをならべ、いま、たのしそうに話しているふたりの少女。――それは小森春美《こもりはるみ》と加納英子《かのうえいこ》でした。ふたりはきのうの夕《ゆう》がた、別府《べっぷ》へ着いて、きょうは早くから、ハイヤーで地獄《じごく》めぐりをしたり、町を見物《けんぶつ》したり、おまけに由布《ゆふ》の山にあるひつじの牧場《ぼくじょう》を見にいったりして、さんざ遊びくたびれて、いま、晩《ばん》ごはんのできるのを待っているところでした。

「英子ちゃん、くたびれたでしょう。どう。別府《べっぷ》気にいって」

チョコレートをほおばりながら春美がききました。

バルコンの白い手すりにもたれて、暮《く》れていく別府湾《べっぷわん》のけしきに見いっていた英子は、かわいい笑顔をふりむけて、

「とても気にいったわ。わたし、まるで夢の国にいるみたいよ。なにしろはじめて飛行機へ乗って、いきなりこんな遠くへきたんでしょう。それですぐ、いろんなところを一どきに見ちゃったし、それにけしきがあまりいいもんだから、なんだかここにいるのが自分じゃなくって、映画の中の人のような気がするのよ」

「まあ。でも英子ちゃんがそんなによろこんでくれて、ほんとによかったわ。それできょう見た別府《べっぷ》のけしきのうち、どこがいちばん気にいって」

「わたし、あの由布《ゆふ》の山がよかったわ。ちょうど車で牧場《ぼくじょう》のそばを通ったとき、きゅうに雨が降ってきたでしょう。そうしたらまっ白なかわいいたくさんの羊がそろって、ばらばら逃げだしたあのかっこう。まるでユリの花びらが風に散《ち》ったようで、とてもきれいだったわ」

「英子ちゃんのいうこと、まるで詩人みたいね。あれはめんようってひつじよ。秋になると、あの白い毛をはさみで切って、洋服地をつくるのよ」

「それから、わたし、この別荘も気にいったわ。それに、わたしたちを呼んでくださったここのマダム、なんてしんせつなあかるいひとなんでしょう。

あのひと、こんな別荘ほうぼうに持ってるなんて、よっぽど金持《かねもち》なのね」

「そうよ。あのマダムは東京《とうきょう》の有名な千万長者《せんまんちょうじゃ》で、そしてこんなふうにわたしたちのような娘を呼んでごちそうするのが、どうらくなのよ」

こんな話をしているさいちゅう、かわいらしい女中がきて、食事の用意ができたことをふたりにしらせました。

フランス窓のガラスから、きれいな庭の芝生をながめるこじんまりした食堂。てんじょうには明かるいシャンデリア、テーブルの上にはいろとりどりの草花をかざった水盤《すいばん》。――そうしたたのしい空気の中でマリヤ・遊佐《ゆさ》と春美と英子だけの晩《ばん》さんがはじまりました。

マダムのさしずのこころをこめた上等なフランス料理に、みんながナイフとフォークをうごかすあいだ、部屋のすみでは電気蓄音機《でんきちくおんき》が、しゃれた外国のシャンソンをうたっていました。

ところが、どうもマリヤ・遊佐のようすがへんです。昼間のドライブでは、とてもようきにさわぎまわっていたのに、なんだかきゅうに顔いろがわるく、沈みかえって見えます。あんまり口かずもききません。

「マダム。あんたどうかしたの。なにか心配ごとでもあるようね」

いちばんに気がついた春美が、コーヒーをすすりながらたずねました。

「ええ、じつはこまったことができたの。食事ちゅうだから話すのえんりょしていたんだけど」

と、マリヤ・遊佐は口ごもりながら、英子のほうをむいて、

「英子さん、あんたはさいきん種痘《しゅとう》なさいまして」

「いいえ。わたし四年か五年まえぐらいにしたきりですわ。それもよくつかなかったようにおぼえています」

「どうしたの。じゃあいつかマダムのいってた天然痘《てんねんとう》がこの近所にでたの」

春美が横から口をいれました。

「出たのよ。それがとんでもないところからでたの。この別荘のるす番《ばん》の男の子がそうなの。かぜだと思ってたら、きょうの夕方になってお医者がはっきりそうだといったのよ」

「まあ」

「ほら、この窓から左手に見えるあの小さい小屋。あれがるす番《ばん》のうちなの。もうじき病院から救急車がつれにくるけど、わたし、みなさんをおさそいしといて、もしものことがあったらと、さっきから胸が痛いほど心配してるのよ」

「マダム。あの小屋にはだれとだれが住んでるの」

と、春美がききました。

「若い戦争未亡人《せんそうみぼうじん》と五つになるその子だけよ。かわいそうだから別荘番《べっそうばん》にしといたんだけど」

「だいじょうぶよ。近くったって、うちがちがってるんですもの。ねえ、英子ちゃんだって、こわくはないわね。あしたいそいで種痘《しゅとう》すればいいわねえ」

春美がへいきな顔をしてるので、英子も、しかたなく笑ってうなずきました。

「わたしも、まさかそう早くうつることはないと思ってるんだけど、なんだかきみがきみがわるいから、いまハイヤーを呼んどいたわ。

ちょうど今夜ここの国際《こくさい》ホテルですばらしいダンス・パーティーがあって、外国人のお客が大ぜいくるんですって。バンドも神戸からわざわざ呼んで、おまけにギャラという日本の福引《ふくび》きのようなものもあって、一等には自動車があたるんですってさ。わたし、はやく、あんたたちを連れて行っちゃおうと思って、きっぷ、ちゃんととっといたのよ」

マリヤ・遊佐が、マントルピースの上から、大きなピンクいろのきっぷを三枚もってきて見せました。

「まあ、うれしい。すてきだわ。この温泉町《おんせんまち》のホテルで、波の音をききながらいいバンドで踊《おど》るなんてすばらしいわ。もうじきお月さまもでるし、マダム、大さんせいよ。さあ、はやく行きましょう」

春美は手をうっていさみたちました。

「でも天然痘《てんねんとう》のことどうしよう。あんたがたどこかの宿屋《やどや》へ引越《ひっこ》さないでいいかしら」

「だいじょうぶよ。わたしたちが踊《おど》ってるあいだに、その子は病院へ行っちゃって、あとはげんじゅうに消毒するでしょう。心配ないわよ。さあ、それよりもはやくスーツケースあけて着がえしましょうよ」

春美が大はしゃぎなので、それにつられてマリヤ・遊佐も英子も、いそいでしたくやお化粧《けしょう》をはじめました。そのうちに電話で呼んだハイヤーが、はやくもげんかんへ着きました。

ところが、いよいよ盛装《せいそう》をした三人がそろって自動車へ乗りこんだとたんになって、とつぜん、春美が、座席でおなかに手をやって、

「あ、いた、いたいた」

と叫《さけ》びだしました。

「まあ春美さん、どうしたの」

マダムと英子がおどろいて、左右から顔をのぞきこみました。

「きゅうにおなかがいたみだしたのよ」

と、春美は顔をしかめて、

「わたし、ご飯《はん》をたべたあと、すぐに動くと、ときどきこんなになるのよ。だから、わたしすこしや

すんであとから行くわ。あんたたち一足《ひとあし》さきへ行ってくださらない?」

「だめよ。そんなことだめよ。あんたがぐあいわるければ、よくなるまで待つわ。ねえ、マダム」

と、英子が心配そうにいうと、

「そうよ。みんなで行かなきゃつまらないわ。なにもぜひ行かなけりゃならないところじゃなし、そんならこの車、いちど帰しましょうよ」

と、マリヤ・遊佐も自動車からおりようとしました。と、春美は、おこった顔をして、マダムをおしとめ、

「だいじょうぶ。五分もたてばわたしきっとなおるわ。そしてあんたたちがホテルへ着いたか着かないうちに、きっと別な車で追いかけるわ。ほんとよ。たった五分か十分、わたしをひとりでしずかにさせといてちょうだい。そのほうがわたし気がらくで、なおりがはやいわ。ね、おねがい。おねがいだからさきへ行ってちょうだい」

こういって、むりにひとりだけのこる春美を見ると、英子もマダムも、なんだかとても心配でしたが、春美はなんといってもきかず、バターンと自動車のドアをしめてしまったので、しかたなく、

「では、春美さん、あんたのいうとおりさきへ行ってまってるわ」

「そのかわり、すぐなおらないようだったらホテルへ電話かけてね」

と、口々にいいのこして、そのまま自動車を走らせて行ってしまいました。

死の別荘

玄関《げんかん》に立って、丘《おか》の道をくだって行く自動車をじいっと見送っていた春美《はるみ》。その影《かげ》が見えなくなると、にやりとうすきみわるく笑いました。

そして、二階のじぶんの部屋へもどろうとして、はしごだんの下で、若い女中《じょちゅう》にばったりとあうと、

「あの、別荘番《べっそうばん》の病気の子供どうしたかしら」

とたずねました。

「はい。病院からのむかえの車がおそいといって、おかあさんがいま出かけて行きました。だから子どもはひとりぼっちでうちで寝ています」

「まあ、かわいそうに。うまくたすかればいいけどねえ」

と、春美は目をしばたたきながら、ふと思いだしたように、

「あんた、気のどくだけど、ちょっと近所の薬屋へ行って、このお薬買ってきてくださらない。わたしどうもおなかがさしこんでいけないの」

といって、ハンドバッグからだした紙きれに鉛筆《えんぴつ》でさらさらとなにかを書き、百円札《さつ》といっしょに手わたしました。

「はい。すぐに行ってまいります」

田舎ものらしい、しょうじきな顔をした女中《じょちゅう》は、すぐにとびだして行きました。

そのあと、大いそぎで二階へかけあがってからの春美のかつやくぶりは、それこそ電光石火《でんこうせっか》といいたいほどのすばやさでした。

第一に、春美は、スーツケースの中からレーンコートを取りだし、それをぴっちり着こみ、雨よけずきんをまぶかにかぶると、マリヤ・遊佐《ゆさ》の部屋から過酸化水素液《かさんかすいそえき》（オキシフル）の大びんを持ってきました。これは、おしゃれなマリヤ・遊佐が、髪を外人のように赤くするために使う液ですが、同時に、つよい殺菌剤《さっきんざい》なのです。春美は、その液をすこし金だらいの水のなかにまぜて、それに大きなハンカチをひたして、かたくしぼり、首のまわりにゆるくまきつけました。つぎにはキッド皮の手ぶくろを取りだして、それを両手にはめました。まるで火事場《かじば》へでも行くような奇妙《きみょう》ないでたち——。

それをへやの三面鏡台《さんめんきょうだい》にうつしてみて、春美は、またにやりと笑いました。それから、いそいでまた、はしごだんをおりるとだれもいない玄関から、庭へ出て、木立ちのなかをぬけて、さっきマダムに教えられたうらの別荘番小屋《べっそうばんごや》へとしのんで行きました。

うすぐらい電燈《でんとう》のあかりが窓しょうじにうつって、小屋の中はシーンとしています。入口の戸をこじあけてのぞくと、たった二間《ふたま》しかない小屋のなかには、女中《じょちゅう》がいったとおりだれもいず、すみのほうのきたないふとんの上に、病気の子供だけが、苦しそうな息づかいをしてねむっていました。

春美は、するどい目をひからせて、もう一ぺんあたりを見まわし、いそいで中へはいると、さっき薬にひたしておいたハンカチでじぶんの鼻と口とをしっかりつつみ、ちゅうちょなく両手をさっと寝ている子どもにさしのばしました。

一しゅんかんののち、春美は、その天然痘の子どもを、そばにあった毛布にぐるぐるつつむと、それをだいたなり、また庭へでました。

そして、大いそぎで玄関からまた二階へのぼると、こんどはろうかのつきあたりにある英子《えいこ》の部屋へはいりました。見るとちょうどのぼった朝のひかりで、英子のベッドがおぼろげに見えます。と、春美は、毛布をぬがせ、病気の子どもをねまき一枚のすがたにして、英子のベッドのなかへおしこみました。

それから、英子がかける毛布とかけぶとんでそれをすっぽりつつみました。窓ガラスごしの月のひかりで、こんどは子供の顔がはっきり見えます。なるほどよく見ると、赤黒《あかぐろ》いブツブツが顔いちめんにふき出ています。

そうしておいて、春美がそっとじぶんの部屋へもどったとき、下のほうで、

「おじょうさま。小森のおじょうさま」

とよぶ声がしました。使いにいった女中が帰ってきたのです。春美はいそいでげんかんへおりて行きましたが、女中《じょちゅう》の買ってきた薬を一目《ひとめ》みると、

「あらこの薬ちがっているわ。わたしが書きちがえをしたのかしら。すまないけど、もう一ぺん行って、とりかえてもらって来てちょうだいな。わたし書きなおすから」

といって、また、一枚の紙をわたし、女中《じょちゅう》をもう一ぺん追いだしました。

こうして、かれこれ二、三十分時がたつと、春美は、また英子の部屋へはいっていき、病気の子どもを毛布につつんでベッドからだきおこし、もう一ぺん庭づたいに別荘番小屋《べっそうばんこや》へはこんでいって、もとどおりに寝かせました。

それから、また二階へもどると、第一ばんに英子の部屋へいって、みだれたベッドをきれいになおし、テーブルの上にあった英子の床《とこ》まき香水をそれにふりかけました。つぎに、庭の芝生《しばふ》の上へいって、着ていたレーンコートをぬぎ、それを雨よけずきんや、ぬれたハンカチや、手ぶくろなどをひとまとめにして、庭のすみに掘《ほ》ってあった大きなごみ捨て穴のそこにかくしてしまいました。

さすがに、これだけのはやわざをしおえたとき、春美のひたいは、汗でじっとりぬれていました。

しかし、春美は、まんぞくそうにもういちどにっこりして、ちいさな声でつぶやきました。

「さあ、これでもうだいじょうぶだ。こんどこそあのにくらしい英子は死ぬ。こんや帰ってきて、あのベッドにはいって寝たら、あしたの朝まではきっとおそろしい病気にかかっている。なにしろ十人が九人まで助からないとマダムがいった、おそろしい天然痘《てんねんとう》だ。あの英子もこんどこそはもう助かりっこないのだ」

と、ちょうどこのとき、丘《おか》の道をのぼってくる病院のむかえの自動車の音がきこえました。

また、それに乗ってもどってきたらしい別荘番《べっそうばん》の母親と、これも薬屋からかえってきた女中《じょちゅう》とが、話しあう声が垣根ごしにきこえてきました。

八時、九時、十時……それから丘《おか》のひっそりした別荘では時間がしずかにながれました。やがて十一時すぎになって、マリヤ・遊佐と、春美と、英子をのせた自動車が帰ってきました。

英子はにぎやかなダンス・パーティーなどへ行ったのは生まれてはじめてでした。だからおもしろいにはおもしろかったが、昼間のつかれもあり、もうくたくたにつかれて、しまいにはねむくなってしまいました。

ところが、三十分ほどおくれて、ホテルに追いかけてきた春美の元気といったらたいしたもの。さっき、おなかがいたいといって泣き声をたてていたのはこの人かと思うほどで、踊《おど》ったり、たべたり、のんだり、ひとりではしゃぎまわっていました。そして、英子がもう帰りたいといっても、なかなか帰さないのです。

三人で別荘へもどってからも、春美は下の応接室《おうせつしつ》で、今夜のおもしろかったことをしゃべりつづけて、ねむろうともしません。そのうちにマリヤ・遊佐も、若い女中《じょちゅう》も、じぶんの部屋へ行って寝てしまいました。とうとう、英子が、がまんしきれなくなり、

「ねえ、春美さん。おそいからもう寝ましょうよ。さもないとわたし、このテーブルの上で寝るわよ」

と、大あくびをしたので、やっと春美も気がついて、英子の肩に手をかけながら、寝室のドアのまえまで送り、

「では、おやすみなさい」

といって別れました。

ところが、英子がじぶんの部屋のドアをあけて、電燈《でんとう》のスイッチをひねろうとしたとたん、とてもいやなにおいがさっと鼻をかすめました。

「あら、消毒薬のにおいだわ」

と、英子が思わずつぶやいて、いそいで電燈《でんとう》をつけると、かの女はめちゃくちゃになった部屋のよ

うすに、夢かとばかりおどろきました。まずベッドが水びたしです。その水は毛布からかけぶとんをびしょびしょにして、床までこぼれ、水たまりをつくっています。

ベッドには、てっぺんからすそまでかわいたところなんか一カ所もありません。まくらもシーツも、水びたしになって投げだされ、おまけにいすまでぬれているのです。

「まあ、いったい、だれがこんないたずらを」

と英子は叫びながら、ふとベッドの足もとにころがっている大きなあきびんに気がつきました。その大きなびんには『過酸化水素液《かさんかすいそえき》（オキシフル）』と書いたレッテルがはってありました。

まさしく、だれかがじぶんの留守《るす》にしのびこみ、過酸化水素液《かさんかすいそえき》の大びんをからにしてじぶんの部屋をすみからすみまで消毒していったのです。

だが、どんな人が？　なんのために？　それは英子には、ぜんぜんけんとうがつきませんでした。

さいしょ英子は出ていって、春美か女中を呼ぼうと思いましたが、もう夜がおそくて気のどくなのでやめました。

そのうち、ふと応接間《おうせつま》に長いすがあったことを思いだし、そうっとぬれたまくらとオーバーだけ持ってはしごだんをおり、その夜はだれもいない応接間《おうせつま》でやすらかにねむってしまいました。

お守《まも》り袋《ぶくろ》

よく朝の八時、朝飯《あさはん》のしたくができたことをしらせにきた女中《じょちゅう》は、春美《はるみ》の顔を見るなりいいました。

「お嬢《じょう》さま。英子《えいこ》さまのこと、お聞きになりまして」

だいたんな春美は、ゆうべあれほどの悪いことをしたのを忘れたかのように、ベッドの上でねむそうなあくびをしながら、女中《じょちゅう》の顔を見つめましたが、きゅうに思いだして、

「英子さんって。英子さんが病気にでもなったの」

「いいえ、英子お嬢《じょう》さまは、お元気でいらっしゃいます。ただ、だれかがゆうべ英子さまのお部屋で、たいへんないたずらをなさったのです」

「いたずら、いったい、どんないたずらしたの」

春美はきんちょうして、すっかり目がさめてしまいました。

「だれかが英子さまのベッドにバケツかなんかの水をぶちまけ、おまけにうちのおくさまの大びんの過酸化水素液《かさんかすいそえき》（オキシフル）を、のこらずふりかけてしまったんでございます」

「えっ、それで、英子さんはどうしたの。ゆうべはどこに寝ていたの」

「応接間の長いすでおやすみになったのです。気のどくがって、わたしたちを、お起《おこ》しにならなかったんです」

春美は肩にしわをよせて、きゅうっとくちびるをかみしめました。また失敗か。

あれほど苦心したたくらみが、また失敗したのか。こんども英子を殺すことができなかったのか。

でも、いったい、だれがいつ、どこからとびこんできて、英子のベッドを消毒なんかしたんだろう?

春美はいそいで、ねまきのまま、スリッパをひっかけてとびだしました。

このとき、英子の部屋には、マリヤ・遊佐《ゆさ》と英子とがならんで立っていて、めちゃくちゃになった部屋のようすに、おどろきの目を見はっていました。

ベッドやかけぶとんや床に、ながされた水は、ゆうべから見ると、だいぶかわいていましたが、部屋じゅうは消毒薬のにおいで、まだ、ぷんぷんむせかえるようでした。

いったい、だれが、なんのためにこんないたずらをしたのか、ふたりにはさっぱりわかりませんが、犯人はどうも庭木にのぼって、屋根をつたわり、窓から忍《しの》びこんだらしいのです。

「わたしたちが、パーティーへ行ってた留守《るす》にやったんだわ。いたずらかしら、それとも気ちがいかしら、どっちにしてもきみがわるいわねえ」

マリヤ・遊佐《ゆさ》は顔をしかめて、舌うちをしていました。

「でもねえ、マダム。これはただのいたずらじゃなくて、だれかが消毒薬をまきすぎたんですわ。だから、マダムがゆうべおっしゅった別荘番《べっそうばん》の子が天然痘《てんねんとう》にかかったことを考えると、だれかしんせつなひとがとびこんできて、消毒してくれたのかもしれませんわ」

英子が考えぶかい目をしていいました。

「だって、それにしては、どうしてあなたの部屋だけを消毒して行ったんでしょう。それにたのみもしないのに、どろぼうのようにそっとよそのうちを消毒して行くひとなんて、きいたことないわね」

このとき英子は、なにげなく手をさしのべて、ベッドの上のぬれた毛布をはいでみました。と、シーツの上に、小さいみょうなものが落ちているのに目がとまりました。つまみあげてみると、それは古びた赤い布のお守《まも》り袋《ぶくろ》です。

「あら、こんなものが。おかしいわね、いったいだれのお守《まも》り袋《ぶくろ》だろう。どうしてここに落ちていたんだろう」

と、英子が、手のひらの上にそれをのせて、ふしぎそうに見ていると、マリヤ・遊佐もおどろいたように、じいっとそれに見いりました。

だが、ちょうどこの時、ろうかでスリッパの音がして、春美が、

「おはよう。まあ、どうしたの、だれか英子ちゃんのお部屋にはいったの」

と叫びながらとびこんできたので、英子は、それなりそのお守《まも》り袋《ぶくろ》をポケットにしまってしまいました。

朝飯《あさはん》のテーブルは、ゆうべのダンス・パーティーのおもいで話と、オキシフルをまいたあやしい人物のうわさで、もちきりでした。

だが三人の中で、この怪人物《かいじんぶつ》のことをいちばん気にしていたのは春美でした。英子のベッドを消毒した怪人物《かいじんぶつ》は、きっとじぶんが英子の寝床《ねどこ》に、天然痘《てんねんとう》の子どもを抱《だ》き入れたことを知っているにちがいない。

だが、あのとき、どこでその怪人物《かいじんぶつ》はじぶんのやることを見ていたのだろうか。そして、その人間はいったいだれだろう。

考えれば考えるほど、春美はわからなくなり、怪人物《かいじんぶつ》の謎《なぞ》にくるしみました。しかし、もともと勝ち気《き》な、だいたんなむすめですから、そんな気もちはいっさい顔にはださず、へいきでみんなとおなじようにしゃべったり笑ったりしていました。

そのうちに、英子が、ふとおもいだして、

「ところでマダム、ゆうべ入院した別荘番《べっそうばん》の男の子のようたいは、どんなふうでしょうか」

ときだしました。そこでマリヤ・遊佐《ゆさ》が、女中《じょちゅう》を呼んできいてみると、

「まだはっきりしたことはわかりませんが、入院が早かったので、けいかがたいへんよさそうな話でした。見舞《みま》いにいった近所のひとがそういっていました」

とのへんじでした。これをきくと、英子は気もちのやさしいむすめでしたから、さっそくじぶんの部屋へいって、ハンドバッグから千円札《さつ》を何枚かだして、それを紙にくるんで女中《じょちゅう》にわたしました。

そして、

「あの、伝染病院だから、わたし直接には行きませんが、これをお見舞《みま》いにといってとどけてくださいません？　引揚《ひきあ》げのかただというから、きっと困っていらっしゃるでしょうから」

と、やさしくたのみました。

と、それから一時間ほどたって、三人が朝飯のあと、庭のベランダで、海のけしきを眺《なが》めながらゆっくりしゃべっていると、女中が、女のひとを連れてきました。それは、さっき英子がおみまい金をあげた別荘番《べっそうばん》でした。

びんぼうをしてすがたこそやつれているが、品《ひん》のいい顔をしたその二十七、八の未亡人《みぼうじん》は、英子を見ると涙《なみだ》をこぼさんばかりにしてお礼《れい》をいいました。それから入院した子どものようだいの話など、いろいろ三人にして帰ろうとしましたが、ふと思いだして、

「そうそう、たったひとつ、みょうなことがありまして、わたし気にしていますの。みなさん迷信《めいしん》だとお笑いになるでしょうが、いつも子どものからだについていたものが、ゆうべからどうしたのか、きゅうに見えなくなってしまったのです」

「まあ、それはなんですの」

と、マリヤ・遊佐がききました。

「観音《かんのん》さまのお守《まも》り袋《ぶくろ》です。たしか、きのうの昼までは子どもがぶらさげているのを見たのですが、けさ、どうさがしても見えません。

ちょうど病気のときだから気にしています。あれさえでてくれれば、子どもはかならず助かるような気がするんですけれど」

と、別荘番《べっそうばん》はさびしそうにいいました。

「えっ、そのお守《まも》り袋《ぶくろ》って、これじゃありませんの」

英子がさけんで洋服のポケットから、さっき拾《ひろ》った赤い袋《ぶくろ》をだして見せました。

「あっ、それです、それです。まあ、うれしい。……でも、どうしてこれがお嬢《じょう》さまのお手もとに？」

と別荘番《べっそうばん》はおどりあがってよろこんで、赤い袋《ふくろ》を英子の手から受けとりながらも、ふしぎそうな顔をしました。英子は、おもわず、

「それ、わたしのベッドの上にあったのです」

と、答えようとしましたが、はっと気がついてだまりました。

とつぜん、なんともいえない、おそろしい疑《うたが》いがむらむらと胸の中にわいたのです。あのお守《まも》り袋《ぶくろ》の持ちぬしが別荘番《べっそうばん》の病気の子どもだったとしたら、その子どもは、ゆうべわたしの部屋のベッドの中にはいったにちがいない。

そうでなければお守《まも》り袋《ぶくろ》が落ちているはずがない。だが、おそろしい天然痘《てんねんとう》にかかっている子どもが、どうやってわたしの部屋へこられたろう。それにはだれか連れてきたものがあるにちがいない。

ああ、おそろしい。そうすると、だれかがわたしに天然痘《てんねんとう》をうつそうとして、ゆうべわたしのるすに、こっそりあの病気の子どもをわたしの部屋の中へつれて来たのだ。

まあ、なんておそろしい。いったいそんなおそろしいことをしたのは、だれなんだろう。

そう思うと、英子の顔はみるみるまっ青《さお》になってしまいました。

このようすを横から見ていたマリヤ・遊佐も、やっぱりなにかに気がついて、はっとおどろいたようでした。

そして、なんともいえないみょうな目つきでじいっと、春美の横顔をみつめました。

そして、別荘番《べっそうばん》の女と、三人のあいだには数秒間、ぐあいのわるい沈黙《ちんもく》がつづきました。だがその沈黙《ちんもく》を吹きとばすように、とつぜん、大声で笑いだしたのは春美でした。

「ふしぎ、ふしぎ、ゆうべベッドに水をかけた人もふしぎ、けさ見つかったお守《まも》り袋《ぶくろ》もふしぎ、この家はなにもかもふしぎだらけだわ。こんなことばかり見ていると、わたしたち三人みんな気がちがってしまいそうだわ。

さあ、もうそんないんい気な話いいかげんでやめて、これから元気よく、またドライブにでも行きましょうよ」

こうして春美が笑っているあいだに、別荘番《べっそうばん》の女は、お守《まも》り袋《ぶくろ》をうれしそうに持って帰っていきました。

悪人どうし

そのあと、春美《はるみ》はさっそくドライブにいこうと英子《えいこ》をさそいましたが、英子は、

「それよりも、わたし、すこしひとりでしずかに散歩してきたいわ」

といって、そとへでました。さっき胸にうかんだおそろしい疑《うたが》いのことが気になってたまらず、もっとよくひとりで考えてみたかったからでした。

別荘の前は、だらだらくだりのアスファルトの並木《なみき》みちになっていました。英子がもの思いにふけ

りながら一、二分歩いていくと、ふと、じぶんの前を歩いている男に気がつきました。

ずんぐりしたからだで飛行帽《ひこうぼう》のようなものをかぶり、古いろうどう服を着て、びっこをひきながら、歩いて行く。

そのかっこうにどうも見おぼえがあります。

「はて、だれだろうか」

と思っているあいだに、うしろからきたひとりの若い警官が、いそぎ足で英子を追いこし、

「もし、もし、きみ、ちょっと」

と、その男を呼びとめました。

ふりかえった男の顔をみて、英子はびっくりしました。その大きな黒メガネを見ればひと目でわかる石神作三《いしがみさくぞう》!

「まあ、あの石神が、こんな遠い九州《きゅうしゅう》の空まで、どうしてやってきたんだろう」

と、英子が、幽霊《ゆうれい》でも見たような感じでいるあいだに、警官が石神作三に質問している声が耳にはいりました。

「あんたの住所姓名は」

「石神作三。東京《とうきょう》の人間です」

「東京《とうきょう》の人間がなんでこちらへきて、夜昼《よるひる》ぶらぶらしているのだね。きみがゆうべ、この坂の上の別荘からでたりはいったりしているのをぼくは見ている。どうもきみの挙動《きょどう》はあやしい。いったいきみの職業はなんだね」

こう警官にするどくたずねられて、さすがの石神もへんじにこまっているようすでした。それで石神がなんとなしにきょろきょろあたりを見まわしたとき、ふと坂をおりてくる英子の顔が目にはいりました。

「はい、わたしはあのお嬢《じょう》さんに使われているものでして」

石神が英子をさしました。

「もしもし、そのお嬢《じょう》さん。ほんとうですか。この男があなたの使用人《しようにん》だというのは」

若い警官は、うたがわしそうに英子に声をかけました。

「そうですの」

と、英子がにっこりして答えました。

「お嬢《じょう》さんのおすまいはどちらですか」

「わたし、この坂上《さかうえ》の、ほら、あの右がわの、赤い屋根の見える別荘にきています」

「ははあ、なるほど。それでこのかたが、ゆうべあそこを出たりはいったりしていたんですな。いや、失礼しました。この町には諸国《しょこく》の人がはいりこみますので、ときどきいまのような失礼なことをお聞きするのです」

警官は笑っていってしまいました。

「石神さん、あんた、この別府《べっぷ》へなにしにいらしったの。またわたしのかんとくなの。でも、よくそう早く、わたしの行くさきがおわかりなのねえ」

英子は皮肉《ひにく》まじりにこういって、大きな黒メガネでよくわからない石神の顔をじっと見つめました。

「はい、それがどうも。……いや、まったく、どうも」

と、石神は、なんだかわからないことを、口の中でもぐもぐいいながら、ぴょこりと英子にあたまをさげると、くるりとむこうをむいて、坂道をまたぴょこぴょこびっこをひいて行ってしまいました。

「しつっこい、いやな人ね。あれほどかくしておいたのに、こんな遠くまであとをつけてくるなんて。きっとおもしろ半分で旅行費用を相良《さがら》さんからもらってくるんだわ。そんなお金、わたしの銀行からだすなんて、だいいちむだだわ。こんどこそ帰ったら、しっかり相良さんにかけあって、あんな男、やめてもらおう」

英子はこうつぶやいて、坂の中途《ちゅうと》にたち、石神のうしろすがたを見送っていましたが、そのとき、おもいもかけぬある考えが、いなずまのように、あたまの中でひらめきました。

（でも……もしかすると、ゆうべわたしのベッドを消毒して、いのちを救ってくれたのは、あの男じゃなかったかしら）

いまの警官の話によると、石神はゆうべなんども別荘から出たりはいったりしていたという。そして、石神のほかには、だれもこの町でそんなことをしそうな人はない。

*そう考えると、英子は、今までにない新しい気もちで、石神のうしろすがたをながめました。

と、おりから朝の光をあびて、そのすがたが、なんだか、とうとくかがやいて見えたのでした。

こちら、春美は、英子においてきぼりされたので、ベランダのいすにひとりでかけてなにか考えごとをしていました。ところへ、マリヤ・遊佐《ゆさ》がやってきて、むかい合いのいすにこしかけました。マリヤ・遊佐は、しばらく、なんにもいわず、春美の顔を見つめていましたが、きゅうに、みょうに口もとをゆがめ、にやりと笑って声をかけました。

「春美ちゃん、やることが思うようにいかなくて、お気のどくさまねえ」

「えっ、なにが、お気のどくですって」

と、春美がぎょっとしたように顔をあげました。

「しらばっくれてもだめよ。わたしの目はすごいんだから。わたしこんどはじめてわかったわ、あんたってひとのほんとうの性質が」

「どうわかったの。わたし、そんな謎《なぞ》のようなことわかんないわ」

「春美ちゃん、しょうじきにおっしゃいよ。あんたは、……あんたは……」

といいかけて遊佐は立ってきょろきょろあたりにだれもいないことを見さだめてから、

「あんたは、あの英子さんを殺そうとしてるんでしょう」

さすがか春美も顔色が、さっとかわりました。それを見たマリヤ・遊佐は追いうちするように、

「いまになってかくしてもだめだわ。わたし、さっきのお守《まも》り袋《ぶくろ》で、なにもかもさとっちゃったんですもの。

ねえ、春美さん、あんたね、この別府におそろしい天然痘《てんねんとう》がはやっていると、わたしにきいてから、あの英子をここへつれてきて、その病気をうつしてやろうという計画を立てた。それで、わたしまでだまして、三人でここへやってきた。

そして、ゆうべ、わたしたちがパーティーへ行ってる留守《るす》、あんたはおなかがいたいふりをして、あとにのこり、女中《じょちゅう》をつかいにだしてから、別荘番《べっそうばん》の子どもを抱いてきて、英子のベッドに入れたんだわ。

春美さん、どう、うまくあてられたでしょう。もうこうなったら、じぶんは英子を殺す気だったと、

いさぎよく白状《はくじょう》してしまいなさいよ」

春美はじっと首をたれて、マリヤ・遊佐のことばをきいていました。

だが、そのことばがおわって、ゆっくりとあげたその顔には、もうさっきの青白さは見えませんでした。なにものをもおそれない、うまれつきの勝気《かちき》さが、ずうずうしく燃えあがっていました。そして、

「じゃあ、わたしが英子を殺す気だと、はっきりいったら、マダムはわたしをどうするつもり？」

「いいえ、わたしなにもそんなこと思っていないわ」

と遊佐は、いくぶんたじたじとなって、声をひくくし、

「春美ちゃん、じつはわたし、春美ちゃんも知ってるように、いまたくさんな借金ができて、すこしでもお金がほしいと思っているのよ。だから、なぜあなたが英子を殺そうとするのか、そのわけを知りたいの。それで英子を殺すことが、もし、お金もうけになるなら、わたし、あんたの味方《みかた》になって手つだいたいの。

ただ、そのかわり、手つだったからには、もうかったお金のきっちり半分は、わたしにくれなくてはいやだわ」

いいだしたマリヤ・遊佐の顔には、いままでかくされていた、もちまえのずるさと、よくばりさと

が、ろこつにあらわれていました。

　すると、春美ほ、

「フ、フ、ン」

と、はじめておもしろそうに鼻で笑いました。そして、

「いいわ、マダム。あんたの条件しょうちしたわ。ほんとをいうと、あの英子はいま、すばらしい千《せん》万長者《まんちょうじゃ》なのよ。それもみなわたしの財産を横どりにしたのよ。

わたし、あの子を殺して、財産をとりもどそうとしているの。では、なにもかもこれからのこらずお話するから、わたしの味方《みかた》になってちょうだいね」

　それからやく三十分間、ふたりの間《あいだ》には、長いこそこそ話がつづきました。

　そこへちょうど、英子が散歩からもどってましたが、その顔をみるなり、春美はほがらかに叫《さけ》びました。

「英子ちゃん、わたしたち、こんやの飛行機で東京へ帰ることにきめたわ。こんな伝染病のはやっているいん気《き》な町、もうすっかりいやになっちゃった」

ペリカン喫茶店《きっさてん》

英子《えいこ》たちが別府温泉《べっぷおんせん》をひきあげてから、一週間あとのことでした。

銀座《ぎんざ》うらの『ペリカン』という喫茶店《きっさてん》のすみのいすで、マリヤ・遊佐《ゆさ》と小森春美《こもりはるみ》とが、ねっしんに話しこんでいました。

「ねえ、春美ちゃん、ほんとうにあの英子をかたづけてしまう気なら、ぜったい人にわからないようにしてやらなければだめよ。あの子がしぜんにじぶんで死んだように見せなければだめよ。そうしないと、あんたが殺したことがわかって、すぐ警察につかまってしまうわ」

コーヒーをすすりながら、マリヤ・遊佐が、こうささやきました。

「それはわかってるわ。だから、わたし、これまでもずいぶん注意してやったのよ。いちばんはじめは自動車でひき殺してやろうとした。二度めは、こないだ話したあのきちがい博士《はくし》に殺させようとしたのよ。三度めは江《え》ノ島《しま》、それから四度めがこんどの別府《べっぷ》だわ。どれもうまくいけば、わたしが犯人とは、ぜったいわからなかったはずよ。でも、わたし運がわるいんだわ。

いつもいよいよという時《とき》になると、きまってじゃまものがとびだすんだもの」

「そのじゃまものってのが、石神《いしがみ》って男じゃない?」

「そうよ。でも、はっきり石神がじゃまをしたのは江《え》ノ島《しま》の時《とき》だけだわ。さいしょの自動車のときは、わたしのやりかたがまずかったんだし、博士《はくし》のときと今度の別府《べっぷ》のときは、わたし、まさか石神だとは思わないんだけど」

「でも、石神かもしれないわ。なによりも、その男の正体がふしぎね」

「そうよ、わたし、こんどの別府《べっぷ》のことがあってから、とてもきみが悪くなって来たのよ。

だって、わたしたち、石神にまるっきり知れないように、飛行機で、別府《べっぷ》へ飛んできたんでしょ。そして、そのよく晩《ばん》さっそく、あの天然痘《てんねんとう》の子どもを、英子のベッドへかつぎこんだわけでしょ。ところがそれを、だれだかわからないものがすぐ消毒して英子を助けているのよ。

まさか東京《とうきょう》にいる石神に、そんな早わざができるわけがなし、わたし、なにか神さまみたいなものが、あの英子についてるじゃないかと、こわくなってきたのよ」

「まあ、そんな神さまなんかあるもんですか。たしかに人間のしわざよ。しかも、わたしは、そのきちがい博士《はくし》のときのも、こんどの別府《べっぷ》のも、やっぱり石神のしわざだと思うわ。だって、わたしたちはあのとき、朝の飛行機で東京《とうきょう》をたってきたんでしょう。追いつこうと思えば、午後の飛行機だってあるし、夜汽車《よぎしゃ》というのもあり、お金さえかまわなければ、充分《じゅうぶん》あの晩別府《ばんべっぷ》へ来ていられるはずだわ。

ただ、わからないのは、石神がなんのために、そんなことまでして英子の身をまもるかということよ」

「石神は相良《さがら》弁護士にやとわれているのよ」

「でも、帝国ホテルで見たとき、相良弁護士は石神にへいへいしていたっていうじゃないの」

「そうよ。わたし、あの時《とき》のこと、ほんとにふしぎでたまらないのよ」

ふたりは、ここまで話しあって、きゅうにだまりこみ、おたがいにしばらくべつべつのことをじっと考えていました。

と、やがて、マリヤ・遊佐《ゆさ》が、

「とにかくその石神ってやつはおそろしいわ。だから、こんどは、ぜったいにその男にさとられないよう、東京を離れずに、しかも、ごくみじかい時間のあいだに英子を殺さなければだめだわ。それについて、わたし、あれからいろいろ考えて、とてもいいことを思いついたのよ。これなら、ぜんぜん石神にさとられずに、しかも、かくじつに英子を殺せるわ。しかもだれが見たって、英子がじぶんでまちがって死んだんだと思うわ」

「まあ、すてき。それをはやく教えてちょうだい」

と、春美がおもわずからだを乗りだしました。

「じゃあ話すわ。それはね……」

と、マリヤ・遊佐はなにかいいかけましたが、とたんにきゅうにいすから立ちあがると、春美のうしろにさがっている、厚いピンクいろのカーテンをさっとあけました。そこはお化粧室《けしょうしつ》へいく入口でした。

「どうしたの」

と、春美も、びっくりして立ちあがりました。

「いいえ、いま、なんだか、カーテンがゆれたような気がしたの。わたし、だれかが立ちぎきしてるんじゃないかと思ってしらべたんだけど、だれもいないわ」

マリヤ・遊佐はにが笑いをして、またいすにもどりました。それからきゅうに思いついたように、

「そうそう、わたしその思いつきをあんたに話すまえに、ひとつおねがいがあるの」

「なあに、どんなこと」

「あんたに、いま、一枚の証文《しょうもん》を書いてもらいたいの。つまり、わたしにてつだってもらって、英子の財産がうまくそっくりあなたのものになったら、その半分をきっとわたしにくれるという約束の手紙よ」

「ええ、いいわ。でも、ここには万年筆も紙もないわ」

「それはわたし、ちゃんと用意して持ってきたわ」

マリヤ・遊佐は、すましてこういうと、ワニ皮のハンドバッグの中から、はくらいの万年筆と、レターペーパーをとりだしました。そして、春美が考えるひまもなく、じぶんの口で文句をいって、約束を書かせてしまいました。

それから、カウンターへいって朱肉《しゅにく》を借りてきて、紙の上に、春美の拇印《ぼいん》をおさせました。

「さあ、これで約束はきまったわ」

と、マリヤ・遊佐は、きげんよく笑って、

「では話しましょう。わたしのおじさんに、マムシをたくさん飼《か》っていて、(ヘビやのおじさん)と呼ばれている人があるの。もうよぼよぼで、耳も目もよくきかないおじさんだけれど、北区《きたく》の＊赤羽《あかばね》ってとこに住んでるの」

「まあ、マムシって、あのこわい、毒《どく》ヘビでしょう。どうしてあなたのおじさん、そんなもの飼《か》ってるの」

「マムシ酒ってお酒をつくるのよ。からだの弱い人にはとてもきくお酒で、すばらしく売れるのよ。それでおじさんのいま住んでいる家は、もと陸軍の火薬庫《かやくこ》のあったあとで、そこでお酒をつくり、その石づくりの地下室に、マムシをわんさと飼っているの。

それで、わたし思いきって英子をだましてつれだして、そのマムシの飼《か》ってある部屋へ入れてしまえばいいと思うの。ウジャウジャいるマムシの中へ、あの子がはいって行けば、すぐにかみつかれる。そうすれば、五分とたたないうちに、からだじゅうへ毒がまわって、あの子はすぐに死んでしまうわ」

「まあ、こわい」

春美が、これを聞いておもわず顔を青くしました。と、

「なにがこわいのさ。じぶんでひき殺そうとしたり、きちがいにしめ殺させようとしたり、天然痘《てんねんとう》までうつそうとしたあんたがなんでこわいのさ。そんなものにくらべれば、マムシのほうがずっとこわくないわよ」

と、マリヤ・遊佐がせせら笑いました。

「でも、でも、じぶんで考えるときはそうこわくないけど、ひとがそんなことというと、わたしとてもこわいわ」

と、春美が、べんかいしました。

「こわかったらやめるだけさ。でも英子のお金がほしかったら、もうすこし、わたしの話をおききなさい」

と、マリヤ・遊佐は前おきをして、

「まず、それをやるには、英子をヘビ屋のおじさんとこへ行こうなんてさそっちゃだめよ。それじゃこわがって行かないから、金魚を見に行こうってさそうのよ。ヘビ屋のおじさんは、たいへんな金魚どうらくで、それはそれは、たくさんな種類の金魚から熱帯魚《ねったいぎょ》まであつめて、りっぱな水族館をつくっているの。

そして、スイッチをひねると、その水族館にはいろいろな色の電燈《でんとう》がついて、まるで花園《はなぞの》にいるみたい。あんなきれいなけしきはどこにも見られないわ。だから、それを見ようといってつれだせば、きっと英子はくるわ。それも前の日なんかにさそっちゃだめ。

また、あの石神にさとられるから。――だから、きめた日のきめた時間に、ぶらりとふたりで銀座《ぎんざ》へ遊びにきてこの喫茶店《きっさてん》へよるのよ。そうしたらわたしが待っていて、いいじぶんに金魚の話をもちだすわ。そこであなたがぜひ行きたいといえば、あの人だってきっとついてくるわ。タクシーでヘビ屋へついてからあとは、わたしにまかせてちょうだい。きっとうまくやってあげるわ。

こうすれば、こんどこそ、ぜったいに石神なんかにじゃまされっこないわ」

マリヤ・遊佐のじょうずなことばにすすめられて、春美は大きくうなずきました。

そして、ふたりはそれから、こまかいことをいろいろとうち合わせてから、『ペリカン喫茶店《きっさてん》』の前で、右と左へわかれました。

二つの入口

びんぼうな毛糸売りのみなしごから、とつぜん、千万長者《せんまんちょうじゃ》向井家《むかいけ》のあとつぎになった英子《えいこ》。――その英子にとって、いまでもじつにふしぎな、夢を見ているような気持になるのは、銀行へいくことでした。

相良弁護士から渡された小切手帳というものに、いくらでもほしいだけのお金のたかと、じぶんの名をかいて、銀行の窓口へもっていく。

すると、きちんとしたせびろの服をきた銀行の人が、ペコペコおじぎをして、すぐにそれだけのお札の束を、まるで広告のびらのようにあっさり渡してくれるのです。

こんなふうにたくさんのお金がもらえたり、またそれが好きかってに使えたりすることが、英子には、いつまでもほんとうのこととは思われないのでした。

きょうもそんなきもちで、札束《さったば》でハンドバックをふくらませて英子が銀行からでてくると、目の前にスーッととまったりっぱな自動車。運転台からにっこり笑いかけたのは春美《はるみ》でした。

「ごきげんよう。いま、わたしあなたのとこへ行ったのよ。銀行だときいたので追っかけてきたの。どう、いいお天気だから、すこし銀《ぎん》ブラなさらない」

いつもながら人なつっこい春美の笑顔にさそわれて、すなおな英子はそれなり銀座《ぎんざ》へでました。

春美はまちかどに車をとめると、英子を、『ペリカン喫茶店《きっさてん》』へつれていきました。そこには約束のとおり、マリヤ・遊佐《ゆさ》が待っていました。

「あら、こんにちは。マダムも銀《ぎん》ブラでしたの」

「ええ、ちょっと買物《かいもの》にきて、くたびれたので、ひとやすみしているところですのよ」

マダムと春美とは、こんなそらぞらしいあいさつをかわしながら、こっそり目と目を意味ふかく見あわせました。

それからあとのすじがきは、ふたりがいい合わせたように、うまくすらすらとはこんで、三十分後、なんにも知らない英子は、東京《とうきょう》赤羽《あかばね》のヘビ屋へとつれていかれました。

それは、火薬庫《かやくこ》のあとの建物を利用した、高いコンクリートのへいにかこまれた家で、門に『長《ちょう》寿酒製造元《じゅしゅせいぞうもと》』とかいた大きな看板が出ていました。

ちょうどきょうは定休日で、工場の中はひっそりとしてだれもいず、母屋《おもや》に、この家のあるじ土居《どい》林蔵《りんぞう》と二、三人の召使《めしつか》いがいるだけでした。

マリヤ・遊佐のおじさんにあたる林蔵は、七十ぐらいの見るから人のよさそうな顔をしたおじさんで、めいたちがたずねてきたのが、いかにもうれしいらしく、いろいろもてなしてくれました。

やがて、マリヤ・遊佐がいいだして、三人はおじさんのじまんの水族館を見せてもらいました。それは英子たちが想像したよりもすばらしいもので、英子はこれだけたくさんに、花のような美しいきんぎょや熱帯魚《ねったいぎょ》の集まったけしきを見たことがなく、すっかりおどろいてしまいました。

ところが、英子と春美が水族館見物《けんぶつ》にむちゅうになっているあいだに、マリヤ・遊佐は林蔵にむかい、

「おじさん、わたしこれからこのおふたりに工場の中をみせてあげたいんですけど……」

といいだしました。水族館からさきに出てきて、事務室の大きなあんらくいすでタバコをふかしていた林蔵は、ちょっと眉をひそめ、

「うん、それはいいが、きょうはあいにく休日で、だれも案内するものがない。わしがやってもいいが、きのうから腰がいたんでいるので」

「いいわ、おじさん。わたしよく知ってるんですもの。わたしが案内するわ」

「でも、*秋子《あきこ》、この工場にはおそろしい生きものが飼ってあるのじゃから、めったに歩くとキケンじゃよ」

「だいじょぶ。わかっていますわ。あのヘビ倉《ぐら》のことでしょう。あすこへなんか行きませんわ」

やがて、マリヤ・遊佐は、さきに立って、ふたりを工場の中のあちこちへ案内しました。

英子がお酒をつくるいろいろな機械や、ならんだ大きな樽《たる》をめずらしそうに眺《なが》めながらひと足さきに歩いていると、マリヤ・遊佐が目をひからせて、小声で春美に、ささやきました。

「ほら、あの空地のつきあたりに、古い石づくりのお倉《くら》があるでしょう。あの中におそろしいマムシが飼《か》ってあるのよ。入口をこの鍵《かぎ》であけて、石段をのぼって行くと、入口がまた二つあって、左がヘビ倉《ぐら》、右が裏口へでる抜《ぬ》けみちになっているの。

それでヘビ倉《ぐら》の入口のドアには、いつも『危険立入り禁止《きけんたちいりきんし》』という赤い字の札《ふだ》がかかっていて、右のドアには『通路』と黒い字で書いた札が出ているの。

わたしこれからいそいで行って、その札《ふだ》をとりかえ、ついでにマムシ倉《ぐら》へはいれるようにしてくるわ。よくって、通路《つうろ》という札《ふだ》のかかっているほうがこんどはマムシ倉《ぐら》になるのよ。

だから、あんたは英子とあとからゆっくり歩いてきて、階段をのぼったら、その通路と札《ふだ》のあるドアをあけ、英子をひと足さきにはいらせるのよ。

そして英子がはいったら、すぐドアに鍵《かぎ》をかけてしまうのよ。そうすればマムシ倉《ぐら》へはいった英子は、いやおうなし、すぐにヘビたちにまきつかれてしまうわ。

もちろん、そのとき、あの子はびっくりして、すぐ、キャーッとか、助けて、とか大さわぎするでしょう。

しかし、わたしたちは、知らない顔をしてずんずん抜《ぬ》けみちを通っていってしまうのよ。そして、五分も待って、英子の声がきこえなくなったら、もうあの子はマムシにかまれて死んだのにちがいないから、わたしたちもどって来て、さっそく入口の札《ふだ》をもとどおりにとりかえとけばいいのよ。

そして、このマムシ倉《ぐら》の小さい鍵《かぎ》を、ドアの間《あいだ》からそっと投げこんでおけば、だれでも英子がおもしろ半分、じぶんでマムシ倉《ぐら》のドアをあけて中へはいり、ヘビにかまれて死んだのだと思うわ。

それから、わたしたち、なるべく長くそこらをぶらぶらしていて、もうどんなに療治《りょうじ》しても生きかえらないほど、英子のからだにヘビの毒《どく》がまわり切ったと思うころ、『英子さんがいない、いったいどこへ迷《まよ》いこんだろう』と、さわぎだせばいいのよ。ね、わかった春美ちゃん。

では、わたしさきに行くわ。あとのことはしっかりたのむわよ。あわてて、わたしがこれだけ苦心したことを、無駄《むだ》にしちゃだめよ」

いいおわると、マリヤ・遊佐は手にもった鍵《かぎ》の束《たば》をガチャガチャいわせながら、さきに立った英子に追いつき、

「むこうのお倉のような家、中がイギリスあたりの古いお城のようで、ちょいとおもしろいのよ。あれで見物《けんぶつ》はおしまい。わたしさきへ行って戸をあけときますわ」

と、声をかけていってしまいました。

さて、それから春美は英子と肩をならべて、工場の中のあき地を歩きだしましたが、いつになく心臓《しんぞう》がどきんどきんとみょうに鳴るので、じぶんながらふしぎに思いました。

春美はこれまでなん度となく英子を殺そうとしたのです。しかし、きょうのように、なんだか、じぶんがとても悪い人間のように感じられたり、人を殺すことがこんなにおそろしいことに思えたことは一度もありませんでした。

そっと英子の横顔を見ると、このふさふさした黒い髪と、リンゴのようにつややかな頰《ほほ》をした友だちは、まるで天使のようにむじゃきな目つきで、青い空をながめたり、足もとの雑草《ざっそう》の花を見たりして、いそいそ歩いています。このなんの罪もない友だちが、五分とたたないうちにおそろしいマムシにかまれて死んでしまう。

――しかも、そういうおそろしい罪《つみ》を、じぶんたちはこれからおかそうとしているのだ。

そう考えると、あのざんこくな春美のからだがきゅうにブルブルふるえてきました。なんだか、だしぬけに両手をあげて、

「これからさきへ行ってはいけない」

と、英子はおしとめたくなりました。

こないだまで、あれほど英子を殺すことを、なんとも思わなかった春美が、きょうになって、きゅ*

うにこんな気持になったのは、春美が心からの悪人ではないしょうこでした。

うまれつき、虫を殺したり、小鳥を殺したりするくせをやめられないように、英子を殺したいという気持も、春美にとってはひとつの病気でした。

ところが、きょうは、マリヤ・遊佐がずんずんさきにたって英子を殺そうとし、じぶんはそのさしずにしたがっているのです。

それで、春美のあたまは、わりあいにふつうだったので、こんなに人殺しがおそろしくなったのでした。

しかし、そんな気もちになったとき、もう春美と英子は、みちの行《ゆ》きづまりの古びた建物の前にきていました。おもい鉄のとびらがあいています。さきへきたはずのマリヤ・遊佐のすがたが、どこにいるのかあたりに見えません。

「ここが入口らしいわ。さあ、英子ちゃん、はいりましょう」

春美はしかたなしに、こう英子にすすめて、とびらの中にはいりました。

うすぐらい石だたみの上を、ぼんやり電燈《でんとう》のひかりが照《て》らして、五、六歩あるくと、目の前に石段がありました。それをふたりでならんでのぼるとちゅう、春美は、どこか近いところで人がうめくような声をきいたような気がしました。

しかし、そう思う間《ま》もなく、二つの入口の前にでました。見ると、さっきマリヤ・遊佐がいったとおり、『危険立入り禁止《きけんたちいりきんし》』と書いた赤い字の札《ふだ》と『通路』という黒い字の札《ふだ》がならんでかかっています。

その『通路』とあるほうのとびらをおしてあけると、春美は思いきって英子に、

「さあ、おさきへ」

といいました。

英子はなんのちゅうちょもなく、へいきで、おそろしいマムシ倉《ぐら》へはいって行きました。

春美は息をはずませながら、あわててガチャンとそのとびらをしめて鍵《かぎ》をおろし、じぶんは、いそいで赤い札《ふだ》の入口へとびこみました。

飛びかかった大蛇《だいじゃ》

鉄のとびらをあけて飛びこんだしゅんかん、春美《はるみ》はハッとしました。どうしたのでしょう。そこは地獄《じごく》のようにまっ暗《くら》なところでした。

春美はあわてて目をパチクリさせました。だって、マリヤ・遊佐《ゆさ》との約束どおり英子《えいこ》をうまくヘビ倉《ぐら》へさそいこみ、じぶんはぬけ道へはいったつもりでいたのですから……。

まっ暗《くら》な中で、シューシュー、ガサガサという、きみょうな音《おと》が聞《きこ》え、なにかあやしいものが、たくさん、さかんにそこらじゅうをはいまわっているようです。

そのうち春美は、キャーッというものすごいさけび声をあげて飛びあがりました。部屋の右と左の壁に小さな明《あ》かりとり窓がついています。いまそのガラスの上に、一ぴきの鎌《かま》くびをもたげた大ヘビのすがたがうつって見えたのです。

(たいへん、ここはヘビ倉《ぐら》だ。わたしはまちがえてヘビ倉《ぐら》へはいってしまったのだ)

気がついた春美は、いそいで飛びすさり、飛びこんだばかりの入口のとびらをあけて逃げようとしました。

ところが、どうでしょう。いま入ったばかりのとびらがあきません。おせども、つけども、しっかりしまって、びんぼうゆるぎもしないのです。

「まあ、どうしたんだろう」

こうつぶやく春美は、くちびるの色までおそろしさで、むらさき色にかわってしまいました。そのうちに目がだんだん闇《やみ》になれてくると、あたりのけしきがはっきり見えました。まあ、なんというものすごいヘビ倉《ぐら》のけしき。——床から、壁《かべ》から、てんじょうまで、そこらいちめんに青ぐろく、はい、のたうち、ぶらさがっているものは、みんなヘビ、ヘビ、ヘビ、見わたすかぎりヘビの山です。気がつくと、じぶんが、手をかけている入口のとびらにも、足もとにも、あたまの上にも、それがきみわるくニョロニョロはいまわっている。

（これがみんなマムシかしら。ちょっとでも、かまれたらすぐ死んでしまう。あのおそろしいヘビかしら）

がたがたふるえる春美は、大声で

「助けてえ、助けてえ」

とさけびながら、とうとう子供のように泣き出してしまいました。

しかし、もともと、勝気《かちき》な少女ですから、間《ま》もなく、気をとりなおし、

（いったい、どうしてこんなまちがいが起《おこ》ったのか）

（これからどうしたらじぶんは助かるだろうか）

という二つのもんだいを考えはじめました。第一におもいついたことは、これはマリヤ・遊佐《ゆさ》が、なにかの手ちがいで、二つの入口の掛《か》け札《ふだ》をとりかえることをわすれたにちがいないということでした。

（だが、そのマリヤ・遊佐はどこにいるんだろう。それから英子《えいこ》ちゃんも。——ふたりはもう、今ごろきっとわたしがヘビ倉《ぐら》へはいったことに気がついたにちがいない。それならもうじき助けにきてく

れる）

こうおもうと、春美はいくらか安心しました。

だが、なんとしてもたまらないのは、まわりのにょろにょろヘビです。気のせいか、ヘビたちは、人間のにおいをかぎつけて、だんだんじぶんのそばにあつまってくるようです。ポタリとてんじょうからあたまへおちてくるのをはらいのけると、すぐにまた一ぴきがが、靴《くつ》さきからひざへはいあがってくる。ヘビたちがたてる、シューシュー、ガサガサという音がだんだん大きく、さわがしくなってきました。

そのうちに、ぼんやり前を見ていた春美の目が、おそろしさでカッと大きくひらきました。むこうのほうのうすくらがりで、なにかふとい材木のようなものがうごきだしたのです。はっとしてよく見ると、それは胴のふとさ七、八寸もあろうかとおもわれる大蛇でした。それが、気がつくとどうじに、*まるで電気じかけのようにすばやく、つうっと春美めがけて走ってきました。そして、逃げるひまもなく、春美のからだにまきついたのです。

*ぬらぬらした、いやらしいヘビのはだざわり――そのなんともいえない青くさいいやなにおい。――春美はそれをからだじゅうに感じました。どうじにその大蛇《だいじゃ》は、春美のからだをきりきりとしめつけ、鎌首《かまくび》をニューッとのばして、いまにもその大きな口が、春美にガブリとかみつきそう――。

春美は、おそろしさにむちゅう。まるでわるい夢にうなされているようです。だんだんくるしく、息がつまりそうなので、手足をはげしくうごかし、力いっぱいどなりました。

「くるしい、くるしい。だれか助けてください。助けてえ、わたしはころされる。ヘビに食いころされる」

と、このとき、はじめて春美の悲鳴《ひめい》にこたえるかのように、どこからか、ふしぎな声が聞えてきました。

「春美。くるしいか。こわいか。そんなに助けてもらいたいか」

ぎょっとしながらも、春美は、むちゅうで答えました。

「くるしいんです。もうわたし死にそうです。はやく助けてください。おねがいです」

……とまたその声がいいました。

「春美。はじめてわかったか。殺されるとき苦しいのはおまえばかりじゃない。虫けらでも、鳥でも、けだものでも、みんなおんなじようにくるしいんだぞ。そして、生きているものは、なんだって、死ぬことがいやで、おそろしいんだぞ」

「わかります。わたし死ぬことのおそろしさが、いま、はじめてわかりました。ああ、くるしい、こわい、どうぞはやく助けてください」

ふしぎな声と春美とがこんな問答《もんどう》をしているうち、気のせいか、からだをしめつける大蛇《だいじゃ》の力が、いくらかゆるんだような感じがしました。

ほっとして、春美は、そのふしぎな声のきこえてくる方角《ほうがく》をみつめました。と、どうやら、ヘビ倉《ぐら》のむこうのすみに、ぼんやり、煙《けむり》のように立っている人のかげが見えました。

「春美。おまえは小さいときからきょうまで、数かぎりない生きものを殺してきた。それがおまえの病気だった。このごろはだんだん悪くなって、人間までへいきで殺そうと思うようになった。おまえの身《み》うちのものが、――おまえをかわいがっている人たちが、それのためにどれほど心配し、どれほど涙《なみだ》をながしたか、おまえは知っているか。春美、おまえを愛している人たちは、おまえにおそろしい人殺しをさせるよりは、おまえが、このヘビ倉《ぐら》の中で、ヘビにかまれて死んだほうがまだまだいいと思っているのだから、今までのおそろしい罪《つみ》のむくいとおもって、おまえは今あきらめて死ぬがいい。その大蛇《だいじゃ》にかまれて死ぬほうがよいのじゃ」

影法師《かげぼうし》の声がおわるとともに、大蛇《だいじゃ》は、またいっそうおそろしい力で、ぎりぎりと、春美のからだをしめつけました。

「あっ、くるしい。助けてください。わたし、今まではほんとうにわるい子でした。でもきょうからは心をあらためます。きっといい子になります。なんでもさしずどおりにするいい子になりますから、いのちだけは助けてください。おねがいです。はやく、はやく、ああ、くるしい、息がつまる、こわい、こわい、死ぬのはこわい、ああ、はやく、このヘビを追っぱらってください」

春美はもう、苦しさとおそろしさでむちゅうでした。

髪をふりみだし、目を血ばしらせ、波のようにからだをゆすぶりもがきながら、こう、きれぎれに、影法師《かげぼうし》にむかってさけびました。

と、やがて、

「よし、それなら助けてやる。おまえが、ほんとうにいま誓《ちか》ったことばを実行するなら助けてやる。いいか、そのちかいを生涯《しょうがい》わすれるな」

と、ふとい、しっかりした声でいって、あやしい影《かげ》の男が、しずしずと春美に近づいてきました。そして、きちがいのようにむせび泣いている春美のすぐそばまでくると、どういうぐあいに手をうごかしたのか、あれほどつよくからみついた大蛇《だいじゃ》が、まるでゴムひもでもとりのぞくように、ばったり床の上にころがり落ちました。そして春美のからだが、きゅうに軽く、のびのびとすると、どうじに、くらいヘビ倉《ぐら》の中に、とつぜん、どこからか一すじの明《あ》かるい光がさしこんできました。その光のなかで、春美は、そばに立っている影《かげ》の男の顔かたちをはっきり見ました。それは古ぼけたカーキ色の服に、飛行帽《ひこうぼう》をかぶって、目に大きな黒メガネをかけています。

「あっ、石神《いしがみ》」

一声《ひとこえ》、おどろきの叫《さけ》びをあげるとともに、春美は、それなり気絶《きぜつ》してしまいました。

石神《いしがみ》作三《さくぞう》の正体

やがて春美《はるみ》は、ながい夢からさめたように、はっと目を見ひらきました。と、じぶんはマムシ酒工場の病室のベッドにひとり横になり、そばのいすには、知らないお医者らしいひとが聴診器《ちょうしんき》を持ってじっとこちらを見ていました。お医者は、春美が目をあいたのを見ると、安心したように、

「おじょうさん、気がつきましたね。もうこれでだいじょうぶだ」

といって、すぐ部屋から出ていきました。と、入れちがいに飛びこんできたのは英子《えいこ》。

「まあ、よかったわねえ、春美ちゃん。わたし、むこうのお部屋で、もう心配でしんぱいで待ちかねていたのよ」

と叫ぶなり、さもうれしそうに、ねている春美にだきつきました。なんというむじゃきな英子。じぶんがあれほどまでににくみつづけ、なんども殺そうとしたのに、ちっともうたがわないでじぶんをこんなにもしたい、信じきっている英子。――抱《だ》きつかれた春美は胸がいっぱいになりました。

（ああ、わるいことをした）

というこうかいの涙が、まぶたを切ってながれだすのといっしょに、春美も、かたく英子に抱《だ》きついて、小さい声で、

「すまないわね、英子ちゃん、どうぞわたしをゆるしてちょうだい」

とささやきました。

と、そのとき、ドアからすがたをあらわしたのは、相良《さがら》弁護士でした。若いながら、見るから意志のつよそうな、男らしい顔つきをした弁護士は、ふたりのようすをながめながら、どっかりいすに腰をおろすと、はきはきした口調で話しだしました。

「春美さん、いま石神《いしがみ》君から、あなたがこうかいされて、いままでのわるい気もちをのこらずあらためられるという約束をなさったことを聞きました。だから、ぼくは今までと、まるでかわったきもちで、これからあなたに話します。

きょうまで、ここにいられる英子さんと、あなたの間《あいだ》に起《お》こった事件は、のこらずぼくと石神君とでしくんだ芝居でした。

英子さんが向井《むかい》男爵《だんしゃく》のあとつぎになったのをねたんで、あなたはきょうまでに、ちょうど五たび、英子さんを殺して財産をとりかえそうとなさった。

第一回は、英子さんが相続人になったその晩《ばん》、自動車で、――だが、このときは、英子さんはふしぎにも天のめぐみで、あやういところをのがれた。

第二回めには、あなたは病院からきちがい博士《はくし》をつれだして、英子さんを殺させようとした。

しかし、このときには、窓から覆面《ふくめん》の男が飛びこんで、英子さんを助けた。このあやしい男の正体は石神君で、石神君がとても強い電流のつうじている道具を持ってはいって、あのきちがいを追いはらったのです。

三度めは、江《え》ノ島《しま》、――このときも、石神君が、ずっとあとをつけて、英子さんをあぶないところで助けたのです。

四度めが、別府温泉《べっぷおんせん》。――このときは、ぼくらも不意《ふい》うちをくわされてだいぶあわてたのです。

しかし、石神君がお金をおしまずつかって、飛行機のお客から、きまっていた座席券を三倍のお金で買いとり、やっと別府《べっぷ》まで追いかけるのに間《ま》にあったのです。春美さんが天然痘《てんねんとう》の子供を、英子さんのベッドへ入れたあとへいって、大いそぎで消毒したのも、ぬけめない石神君の仕事です。

それからいよいよ五度めが、きょうのヘビ倉《ぐら》のできごと。――これには、マリヤ・遊佐《ゆさ》というおとなの悪者《わるもの》がついているので、ぼくたちはそうとう苦労しました。

それでも、ずっとゆだんなく、春美さんのやることを見はっていた石神君は、銀座《ぎんざ》の喫茶店《きっさてん》『ペリカン』のカーテンのかげにかくれていて、春美さんと遊佐とのわるだくみをすっかりさぐってしまいました。そこで、石神君は、さっそくこの長寿酒製造所《ちょうじゅしゅせいぞうじょ》をたずねて、ここの主人である遊佐のおじさんに会いました。

そして、遊佐と春美さんのわるだくみを、のこらずおじさんにうちあけるとどうじに、その日からヘビ倉《ぐら》を借りうけたのです。

そして、そこに飼ってあったおそろしい『マムシ』はのこらず別なところへうつし、毒《どく》のないアオダイショウやシマヘビなどを部屋の中にはなしました。それから、石神君の考えで、見るもおそろしい*つくりものの大蛇《だいじゃ》を、なんびきも、ぜんまいじかけや、電気じかけでこしらえさせました。

さっき、春美さんにからみついたのは、そのなかの電気じかけの大蛇《だいじゃ》です。これは石神君のおすスイッチ一つのはたらきで、どんなにでもかたくあなたにまきついたり、のびたりちぢんだりするようにできています。そして、あのヌルヌルときみわるいからだは、みんなビニールでできているのです」

ここまで、ひと息で話した相良弁護士は、相手が、どんなふうにじぶんの話を聞いているかをたしかめるように、ことばをとぎらせて、ふたりの顔をじっと見ました。春美と英子は、まだしっかり抱《だ》きあったまま、この、世にもふしぎな物語を、酔《よ》ったような顔で聞いていました。

「しかし、それだけでは、ぼくたちのじゅんびはまだたりませんでした。石神君は倉庫のなかで、マリヤ・遊佐のすることを見ていました。

と、マリヤ・遊佐がこっそりはいってきて、ヘビ倉《ぐら》の通路との二枚の札《ふだ》をとりかえたので、石神君はすぐにそれをもとどおりにかけなおしました。それから、おどろいて逃げようとするマリヤ・遊佐を、ほそびきでしばって、すみ*にころがしておいたのです。これで、春美さんが、英子さんを殺そうとしたさいごの計画も、めちゃめちゃになってしまったのです」

相良弁護士のことばがきれると、さっと顔色をかえた春美が、あわてて、じぶんに抱《だ》きついている英子の腕《うで》をふりもごうとしました。そして、さもせつなそうな声でいいました。

「英子ちゃん、なんにも知らなかった英子ちゃん。あんた、いまはじめてわかったでしょう。わたしがどんなにわるい人間だったかということが。

さあ、その手をはなしてちょうだい。そして、わたしをきらって、にくんでちょうだい。なんなら、そのクツでふんで、つばをはきかけてもいいわ。わたしはほんとうに、今までずっとあんたを殺そうとしていたわるい子なんですから」

しかし、英子は、そのかわいらしい顔を、ただぽっと赤らめただけで、春美を抱《だ》いた腕《うで》をはなそうともせず、しずかにいうのでした。

「いいえ、春美ちゃん。それはあなただけが悪いのじゃありませんわ。わたしもわるいんですわ。ほ

んとうはあなたに権利がある向井《むかい》さんの財産を、わたしがへいきでもらう気になったからいけないんです。

あなたがうらむのはあたりまえですわ。わたしこのごろになって、それに気がついてきたんです。いつかあなたにそのことをいおうとおもっていたんです。だから、あなたをにくむなんてことできませんわ」

英子のこのやさしいことばには、相良弁護士も、春美も、ふかく感動したようでした。ことに春美の目からは、きらきらひかる大つぶの涙《なみだ》が、どっとほおの上にながれだしてきました。

「でも、でも、相良さん、わたしにたったひとつどうしてもわからないことがあるわ。それはあの石神って人の正体よ。あのひとはいったいなんなの。英子さんの用心ぼうにしては、あんなにお金持《かねもち》で、ホテルへとまったり、いばりすぎたりするし、それに英子さんを助けるのにむちゅうで、まるでおとうさんかにいさんみたいだわ。いったいあのひと、どういうひとだかそれを教えてちょうだい。これがこうかいしたわたしのただ一つのおねがいよ」

さんざん泣いたあとで、春美がハンケチを目にあてながらこういいだしました。

「はい、もちろんこれから石神君の正体についてお話しします」

と、相良弁護士はおごそかな声でこたえて、

「だが、その前に、ぼくは英子さんにあやまらなければならない。実をいうと、ぼくたちは、春美さんのわるい病気をなおすために、長い間《あいだ》英子さんにとんでもないめいわくをかけていたのです。

石神君とぼくとが英子さんを向井家のあとつぎにえらんだのは、ぐうぜんではなかったのです。英子さんがあの寒い七草《ななくさ》の晩《ばん》、向井家の門の前に立つよりも、一月も前に、ぼくたちは英子さんの身の上をちゃんとしらべていたのです。

そして、しつれいながら貧しいみなしごである英子さんが、じつに清いりっぱな心の持ちぬしであることを知り、またあの晩《ばん》、毛糸を売りながらあの横町《よこちょう》あたりへはいってこられることも知ってこのけいかくを立てたのです。

ぼくたちは、かりに向井男爵家《だんしゃくけ》の財産を、見も知らぬ英子さんにゆずり、わざと春美さんをおこらせるつもりでした。そしておこった春美さんがなにをするかを見とどけ、春美さんがくわだてる悪い計画を、じゅんじゅんにうちこわしていくことによって、うまれつき春美さんが持っている悪い病気をなおそうとしたのです。英子さんのおかげで、ぼくたちは、とうとうきょう春美さんをすっかりこうかいさせ、わるい病気の根をのこらずとることができました。

だが、そのために、きょうまで、むじゃきな英子さんをいろいろなきけんにさらし、苦労をかけたことは、なんともおわびのしようがありません。しかし、そのご苦労へのおかえしは、石神君がきっとしてくれることと思います。

では、これから、ここへ石神君を呼びだして、その正体を見せてもらうことにしましょう」

こういいながら、弁護士が壁の呼鈴《よびりん》をおすと、待っていたようにドアをゆっくりひらき、石神作三《いしがみさくぞう》が、飛行帽《ひこうぼう》にカーキ服、それから黒メガネというういつもの服装であらわれました。

しかし、あらわれるとすぐ、まだだれもひとことも口をきかないうちに、石神老人は、まず帽子《ぼうし》をとり、カーキ服をぬぎ、つぎに大きな黒メガネをはずすと、右の手のひらでじぶんの顔をひとなでしました。と、同時に、*いままでの石神のすがたは、けむりのように消えてなくなり、そこには、ひとりの品《ひん》のいい老人の姿が立っていました。

それを見て、

「あっ、おじさま」

と、おどろきの声をあげたのは春美。

「あっ、向井男爵《むかいだんしゃく》」

とさけんだのは英子でした。

「そうだ。わしじゃ。*だれにも死んだと見せかけておいて、わしはきょうまで石神作三という男にばけていたのじゃ。なあ、春美、おまえはいまはじめてわかったろう。わしがどんなにふかく、おまえを愛していたかということが。

……この向井は、たったひとりのかわいいめいのわるい病気をなおしたさに、きょうまで年とったからだでこんな苦労をしたのじゃ。しかしおまえが、今度しみじみとじぶんの悪いことをこうかいし、よい娘になるとちかってくれたので、このおじの苦労のしがいもあったというものじゃ。

春美、どうかさっきヘビ倉《ぐら》でわしにいったあのちかいを生涯《しょうがい》わすれないでおくれ」

向井男爵はこういって、むせび泣く春美の手をかたくにぎると、こんどは、英子にむかって、

「英子さん。あんたには長い間《あいだ》とんだ苦労をかけてしまって、なんとも申しわけない。だが、春美がこんなよい娘になれたのは、まったくあなたのおかげで、そのお礼《れい》には、わしとしてなにをしていいかわからない。それで、まことに不足ではあろうけれど、こんどあらためてわしの財産をまっ二《ぶた》つに分け、半分を春美に、半分をあなたにあげたいとおもう。いずれ正式のことは、また相良さんにたのむが、どうぞ承知《しょうち》して、受けとってください。

そしてあなたがたふたりが、これからきょうだいのように仲よく、わしのやしきでくらしてくれたら、わしとしてはこんなうれしいことはないと思いますわい」

こう相方《そうほう》にいいわたし、向井男爵《だんしゃく》は、肩の重荷《おもに》がはじめてとれたように、ニコニコとさもうれしそうに笑って、あらためてふたりの少女を見ました。

しかし、春美と英子とは、このとき、もう男爵《だんしゃく》にいわれるまでもなく、たがいにかたく姉妹《きょうだい》のように肩をくみあって、たのしそうになにかささやきあっていたのでありました。

《おわり》

狂《くる》える演奏会

アナベルは小雨《こさめ》のふる往来《おうらい》を、わき目もふらずまっすぐ歩いていた。雨のしぶきが顔にかかっても、また知ってる人の顔がおどろいたような目で自分を見ても、一切無頓着《いっさいむとんちゃく》、——心の中は、ただ、もう、ルネが帰ってきたという喜びでいっぱいだった。

雨の中を歩きながら、彼女の思いはルネとヴェネチアと自分との、古い友情へと走ったのだった。三人の友情は音楽学校時代にはじまり、お互《たが》いに世の中にでてから、一そうかたくむすびついたのだった。

三人のうち、だれにいちばん才能があったか、などということは、だれも問題にしたことはなかった。ただ、三人のうちのルネ・サージャンが、さんらんたるピアニストとして、第一に世の中へでた。そのつぎにアナベルがソプラノ歌手として地位を得《え》、ヴェネチアは、じみな伴奏者《ばんそうしゃ》となったのである。だが、いろいろと運命はちがっても、三人の友情にはかわりなかった。やがて、ヴェネチアがルネの妻となっても、三人のあいだには、けっしてみにくい争いなどなかった。

それどころかアナベルは、ルネ夫婦を、この世の中での一ばん頼《たの》みのある相談相手《そうだんあいて》とすら思ってきたのである。

そこへ戦争が起《おこ》って、愛国の血に燃えてルネは出征した。アナベルとヴェネチアは、彼を駅で見送った。そして、まごころをこめて、つつがなき凱旋《がいせん》をいのりながら、しずかに別れたのだった。

このふたりの祈念《きねん》のかいがあったのか、終戦後ひと月前まで、ルネは一時的なつよい神経衰弱《しんけいすいじゃく》にかかっただけで、かすり傷《きず》ひとつ負わずに戦場を往来《ゆきき》していた。ちょうど十月の曇《くも》り日《び》、砲弾《ほうだん》がルネのすぐ近くに落下し、塹壕《ざんごう》をめちゃめちゃに粉砕《ふんさい》した。ルネはふるえる両手に顔を埋《うず》めながら、あやうく命びろいをしたが、そのとき神経を痛めたとのことだった。

だが、今はその戦争も終った。恐怖《きょうふ》はことごとく過去のものにすぎなかった。医術《いじゅつ》と看護《かんご》と時《とき》の経過《けいか》、――この三つのものがこわれた神経をまったくなおし、ルネは昔どおり帰ってきたのだった。

アナベルは、知らずしらず歩をはやめた。なつかしい人と再会し、握手《あくしゅ》し、その目のなかに昔ながらの歓迎《かんげい》の光を見るうれしさ！　アナベルはルネ夫婦の家の階段をかけあがり、呼鈴《よびりん》をおした。そして、一分後には、ヴェネチアの両手をつかみ、せい一ぱいの祝《いわ》いのことばをのべ、それから息もつかずにルネの健康状態をたずねた。

「どうも、まだよくないのよ」

ようやくヴェネチアが、これだけ答えた。

ヴェネチアの声にこもっていた、ある恐《おそ》れに似た調子が、アナベルにふと、うたがいを起《おこ》させた。

どうしたのだろう？　どこかまだ悪いのだろうか？　手紙には全快して帰還《きかん》したと書いてあったし、さっき入ってきて見たヴェネチアの顔は、幸福と安心でかがやいているように思えたが。——アナベルは友の顔のすみずみまでジッと読もうとした。ながい月日のけわしい心配のあとはもう消えている。緊張《きんちょう》の線もとけている。だが、そこには、なにか新しい見なれぬものがあった。たとえば、底に恐《きょう》怖《ふ》をまじえた当惑《とうわく》といったような表情のかげが……

「どうしたの？　すっかりはよくなっていないの？」

と、アナベルが女友《とも》だちにたずねた。

ヴェネチアは、いおうかいうまいかと迷《まよ》っているように、しばらくだまっていた。ヴェネチアには、思っていることを口にだすのがたいへんな努力だった。彼女は生れつき内気《うちき》なたちだった。すばらしい情熱《じょうねつ》の力をもつ人間にかぎって、かえって、よくある、ひどく遠慮《えんりょ》し口ごもる性質であった。

「話してよ。心配があるなら、ふたりでわけようじゃないの」

と、アナベルがやさしくせまった。

「ええ、話すわ。遅《おそ》かれ早《はや》かれわかることなんですもの」

と、ヴェネナアがいう。

「どうしたっての？　あの人、——別にどこかが変ったっていうんじゃないんでしょう？」

口早《くちばや》なアナベルの質問には不安がこもっていた。

「いいえ、あいかわらずのルネよ。昔どおりのルネよ」

ヴェネチアの声には、かぎりない満足のひびきがあった。

「では……どうしたの？」

「音楽なのよ！　なくなっちゃったのは！」

と、ヴェネチアが急に爆発《ばくはつ》するように叫《さけ》んだ。

「なくなった？　まさか！　それ、練習不足ってことでしょ？　それなら、二、三カ月でもどるわよ。考えてもごらんなさい。戦争から病院で、キイなどさわりもしなかったんですもの、あたりまえよ。そんなこと心配することないわ」

だが、ヴェネチアはアナベルの言葉など、きいてもいなかった。相手が話しおわるのを、ただ、待ちうけているというふうだった。そして、やがて、話しだした。

「あんたには理解できないわ。ルネはきのう帰ってくると、ほとんどすぐピアノにむかったの。そして弾《ひ》きだしたんだけれど、それがめちゃめちゃなの。こどもが弾《ひ》くのよりもっとひどいの。まちがいだらけで、ちょうど音のばけもの行列みたい。半音《はんおん》をだそうとしたり、急速弾奏《アタジオだんそう》をやったりすると、もうただガンガンとなっているだけなの。ところが、あの人にはそれがわからないのよ。まるでそう耳に感じないのよ、自分はすわったなり、まるでその音に酔《よ》ったような顔をしてるの。——あんたも、あの人がもと夢中で弾《ひ》いてたときの顔おぼえているでしょ？　あのとおりの顔してるの」

ヴェネチアの声がふと涙《なみだ》でつまった。アナベルがしずかにうなずいた。

「ね、あの人そんなふうなのよ。その時《とき》ったら、目はかがやき、顔じゅううれしさで一《いっ》ぱい、自分では、なにかすばらしい演奏をやってる気でいるらしいの。しかも、ほんとうは情《なさけ》ない気ちがいじみた、めちゃめちゃ演奏なのよ。それからいきなり跳《は》ねあがって、わたしんところへきて、さもうれしそうに、『どうだ、ヴェネチア、たいしてへたにはなっていないだろう？　ああ、おれは運がよかった！　すばらしく運がよかった！』っていうじゃないの。……ねえ、アナベルさん、おそろしいことじゃない？」

こういって、ヴェネチアは身をふるわせるのだった。

「でも、あんた、ルネさんになんていったの？　まさか、ほんとうのことはいわなかったんでしょ？」

「ええ、もちろん、いえるもんですか！　いったらあの人、絶望して死にますわ。そんなかわいそうなこと、どうしてもわたしにはできないわ！」

と、ヴェネチアが悲愴《ひそう》な顔でこたえたが、それから、声をおとして、

「……でも、アナベルさん。まだそれだけじゃないのよ。うちのひと、近々《ちかぢか》に演奏会をやるときめてるのよ。そして、あんたに歌ってもらうつもりでいるのよ」

この言葉に、アナベルが答えるまもなく、せかせかした足音がきこえたので、ヴェネチアが、アナベルのなにかいおうとする口をおさえてしまった。

そのとき、ドアをサッとあけて、ルネ・サージャンがはいってきた。アナベルは恐怖《きょうふ》にちかい感じでかれをむかえた。だが、目に見る人は昔どおりのルネだった。スラリとしたかたちのいい体格、まじめな態度、子供っぽい顔――それにおなじ青い海いろの目！ それよりも、アナベルがとくにうたれたのは、ルネのからだにみちあふれているものすごい活力、ちょうど海からさしのぼる太陽の光のように、かれから発散《はっさん》していくいきいきとした元気だった。

「やあ、アナベルさん！」

一瞬《いっしゅん》のうちに、ルネはアナベルの両手をかたくにぎり、それを、ちょうど休暇《きゅうか》でうちへ帰ってきた中学生のように、上手にうちふっていった。

「万才《ばんざい》！ ああ帰れてよかった！ ぼくたち三人、またそろったね！ 教室で、あの年とったフリッツ先生を待ってたときとそっくりおなじだ！」

ルネは、二人をかわるがわる見くらべて狂喜《きょうき》していた。ながい間《あいだ》たまっていた質問や、いろいろな人の噂《うわさ》などが、たのしく三人の間《あいだ》に語られた。アナベルが見たところ、ルネの言葉にもようすにも、すこしも変ったところがないのを意外に思った。ルネはいま、くらい思いを身からことごとくはらい落し、神経のゆがみもすっかりなおって、身心ともにまったく健康に輝《かがや》いているように見えた。この人が音感をまったく失ってしまったなんて、とうてい信じられない。

これはかえって、ヴェネチアの錯覚《さっかく》なのではあるまいか？　ヴェネチアは、ルネの帰りを待っている間、その死のほかに、もうひとつ、ルネが帰るまえに、あまり荒っぽい仕事にたずさわって、芸術家の素質《そしつ》をなくしてしまうのではないかと、よく心配していたことがある。そのうれいが、無事《ぶじ》にもどった夫を目のまえに見た瞬間《しゅんかん》、ヴェネチアに、幻覚《げんかく》、幻聴《げんちょう》を起《おこ》させたのではあるまいか？

アナベルは、ルネとながく話している間《あいだ》に、どうしても自分のこの判断があたっているのではないかと、信じだしてきた。もし、そうだとしたら、世にもまれなルネの天才がそこなわれずにすんだことを、ほんとうに感謝すべきだと思った。しかし、そうだとすると、こんどは、ヴェネチアのほうを監視《かんし》し、看病《かんびょう》して、はやく健康にもどしてやらなくてはならない。

アナベルがそんなことを考えているとき、突然《とつぜん》ルネの元気な声がひびいた。

「ねえ、アナベル君。ぼくは前よりもずっとうまく弾《ひ》けそうだよ。なにしろ、戦争ちゅう、ものすごい生死のさかいで聞いた物音が、みんなこの血と肉にしみこんでいるからね。それが形となり色となって、ぼくの演奏にあらわれるんだ。おまけに指が、ちっともむかしの技巧《ぎこう》を忘れていない。これはおどろくべきことだよ！」

こういうと、ルネはいつもの性急《せいきゅう》さで、サッとピアノの前へゆき、

「まあ聴《き》いてみてくれたまえ！」

といった。

なんともいえぬ恐怖《きょうふ》と、その反対の、もしやという希望をまぜた異様《いよう》の感情で、アナベルの胸はたかなった。と、すぐにおそろしい現実がやってきた。ピアノから起《おこ》ったためちゃくちゃな音の連続！

顔色をさとられまいとして、アナベルは歯をかみしめた。そしてなんともいえぬいたましい気持で、ルネの指の下から湧《わ》きおこる奇怪《きかい》な騒音《そうおん》をジッときいていた。

ルネの指さきは、昔どおりじつに巧《たく》みに、キイのうえをすべってゆくのだが、それから生《う》まれるものは、どうきいても、狂《くる》える音楽師のラプソデーである。じつにデリケートな、胸をそそるようなタッチで弾《ひ》く、意味のない音の連続である。どんな弦《いと》からも、好きな音をたたきだせた昔の技巧《ぎこう》から湧《わ》く、耳をつんざくような暴音、不協諧音《ふきょうかいおん》のハーモニイである。

アナベルは恐怖《きょうふ》におののきながら、この奇怪《きかい》な演奏をだまってきいていた。しかも、このうす気《き》

味《み》わるい光景に、あたかも最後の光彩《こうさい》をそえるようなルネの顔は、さながら音楽の神秘《しんぴ》な聖火《せいか》に、うっとりとして照《て》りかがやく聖者《せいじゃ》のように、実におごそかに端然《たんぜん》として、自分のかもしだす楽声《がくせい》に酔《よ》っているのだった！　ルネの心のなかは、いま、世にもすばらしき弾奏《だんそう》を、ふたりにきかせていると信じきっているのだ。そして、その楽しさに酔《よ》っているのだ！　まちがいなく、どこか聴覚神経《ちょうかくしんけい》の故障が、かれをとんでもない幻想にみちびいているのだった！

アナベルは視線を、ピアノの前のルネから、妻のヴェネチアへとすべらせた。ヴェネチアは身うごきもせずきいていた。ちいさな両手をかたくにぎりしめ、顔は仮面のように、なんの表情も見せていなかった。

やがて、ルネは最後の雑音を大きくひびかせると、目のなかに、むかしながらの熱心な質問のいろを見せて、

「どうだった？　いいと思うかい？」

と、アナベルにきいた。

アナベルの額《ひたい》には、冷たい汗がながれていた。なんと返事してよいかわからなかった。だが、このときすばらしい芝居《しばい》をやって、アナベルの立場をすくってくれたのは、妻のヴェネチアだった。彼女は躍《おど》りあがってアナベルの手をひき、ルネのそばへ走りよった――これは、むかしからルネがすば

らしい演奏をやるたびに、彼女が何百回となくくりかえした動作だった。そして熱狂的《ねっきょうてき》に、夫の両手をふたりの手でつかまえて、

「すばらしいわ！　ルネ！　まったくすばらしいわ！」

と叫《さけ》んだ。

夫には妻のこのことばが、なによりもうれしそうだった。ルネの声は喜びでふるえていた。この情景は、アナベルがうまれてから今日までに見た、もっともすばらしい芝居《しばい》だった。ルネは、ニコニコしながら、

「君がすきだといってくれたのはうれしい。じゃあこの曲も、今度のリサイタルのプログラムの中にいれよう。ねえ、アナベル君。ヴェネチアは、ぼくがリサイタルを開くことを君に話したかい？　むかしのように、また三人でやるんだぜ！」

と、アナベルにいうのだった。

それからあとは三人の演奏会の相談をしたが、アナベルは自分がどんなことをいいどんな返事をしたか、あとから思いだせぬほど、頭が混乱《こんらん》しきっていた。やがて、ルネがだれかに電話をかけにでてゆき、はじめてヴェネチアと二人だけとりのこされると、アナベルは自分の手足がブルブルふるえているのを知った。ひたいに手をあててみると、ジットリ汗をかいていた。

「あの人の容態《ようだい》わかったでしょう」

と、ヴェネチアがいった。ヴェネチアは、とにかく昨日からルネと暮《くら》していて、もういくらかその変化になれていた。しかし、アナベルのほうは、いきなり、ガンと頭をうたれたようでまだ驚《おどろ》きから回復しきれず、悲痛《ひつう》な声でさけんだ。

「ヴェネチアさん！　おそろしいわ！　ひどすぎるわ！　あのひと音痴《おんち》になったのかしら？」

「そうじゃないわ」

「じゃあ、どうしたの？」

「その疑問を、わたしは昨夜一晩《ひとばん》じゅう解《と》こうとしていたのよ。そうしたら朝になると、あの人練習をはじめたわ。だからその間《あいだ》に、わたし家《いえ》をでて、あの人をずっと診《み》ていた軍医さんをたずねて、いろいろきいてみたの。そのひと、わたしもよく知ってる人なの」

「で、その軍医さん、なんといって？」

「軍医さんはそのこと知ってたわ。帰還《きかん》するまえに、あの人が一度、軍医さんにピアノをきかせたことがあるんで、わかってたんですって！」

「わかってたら、なぜ、前もってこのことをあなたに知らせてくれなかったんでしょう？」

アナベルがふんがいするようにいった。

「知らせてくれたのよ。帰ってくる四日まえに、軍医《ぐんい》さんは、田舎のじぶんの家《うち》からわたしに手紙をくださったのよ。でもそれが遅《おく》れてやっときょうの午後ついたの。たぶん、なにかのはずみで、田舎《いなか》のちいさな郵便局のほこりの中にでも落ちていたんでしょう。とにかく、運わるくおくれて届いたのよ」

「で、軍医さんはなんていうの？　なおる見こみがあるっておっしゃるの？」

「まずのぞみはあるっていうのよ。ただ、なおるまでどのくらいかかるかそれがわからない。明日にでも突然《とつぜん》なおるかもしれない。それとも……」

と、ヴェネチアは声をひくめて、

「生涯《しょうがい》なおらないかもしれないって！」

「でも、……あの人、そのほかのところは、ちっともかわってないじゃないの？」

と、アナベルがなげだすようにいった。

「そうよ。ほかは全然ふつうよ。ただ一カ所だけがどうかしているのよ。ね、ピアノの前であのおそろしい音を立てながら、じぶんではほんとうの音楽をきいてるつもりなのよ。昔、じぶんが弾《ひ》いた、すばらしい音やメロディがでてるつもりなのよ。つまり脳《のう》のなかのどこかの細胞《さいぼう》が、活動を中止して眠っている、それで、考えとそれの発表との間《あいだ》の結合《けつごう》がもつれるのだって軍医さんはおっしゃるの」

ヴェネチアの説明に、アナベルはうなずいて、

「そうね、わたしもルネのいまの症状《しょうじょう》はそのとおりだとおもうわ。でも、おそろしいわねえ。からだに負傷したのよりも、かえって恐《おそ》ろしいわ。それで、ヴェネチアさん。だれから、ルネにそのことをうちあけさせるつもり?」

「そ、そんなことできないわ!」

と、あおざめたヴェネチアが、破裂《はれつ》するように、

「わたし、だれにもさせないわ。そんなこと知ったらあのひと絶望《ぜつぼう》して自殺するか、それこそほんとうの狂人《きょうじん》になっちまうわ。軍医さんは、ルネに隠《かく》しておいて、だんだんになおすのが一番だとおっしゃるのよ」

「でも、……でも、それじゃならないわ。誰かがやっぱり話さなくちゃ」

「いいえ、それはできないわ。わたしさせないわ。だってあの人はなおってるんですもの。そのほかの頭のはたらきは、全然むかしどおりなんですもの。いつかは音感だって回復するわ。わたし、回復させずにはおかないわ」

ヴェネチアはこういい切ったものの、いろいろな事情のむずかしさを考えたらしく、しばらくの間《あいだ》は顔を伏《ふ》せていたが、やがて、気をとりなおすと、

「なおるわよ。一カ所だけの脳細胞《のうさいぼう》の故障ですもの。ほかの部分がみんななおったようにきっとなおるわ。ただ時間だけの問題よ。だから、その間《あいだ》わたしは、ルネの演奏がちっとも変《かわ》りがないような顔をしてるわ」

「でも、それがやり抜けるかしら?」

「やるわ。あの人が、むかし弾《ひ》くのをきいてたとおりにしているわ。あの人がほんとうに弾《ひ》けるようになるまで!」

「でも、それはがまんできないわよ」

「がまんしようと思えば、できないことないとおもうわ」

アナベルは、この友だちの勇気に讃嘆《さんたん》の目を見はった。だが、それにしても、ヴェネチアの決心は、実行不可能だと考えざるを得なかった。軍医の忠告は、たしかにまちがっていない。だが、現在の世間が、それでとおせるかどうかおぼつかない。

「けれど、わたし、どうしたってルネに知らさずにおくなんてできないと思うわ。たとえば演奏会のこと考えてごらんなさい。いまのルネには、リサイタルなんかとてもやれないわ。それを止《や》めさせるには、どうしてもその理由を、あの人にいわなきゃならないでしょう?」

「でも、ルネはもうやるときめてるんだから、やらせるよりほかないわ」

「まあ、そんなばかなこと！　そうしたら、ルネはステージでやじりたおされるにきまってるわ」

「いいえ。アナベルさん。きいてよ、わたしはプランがあるの。そしてあんたに手つだってほしいの」

「わたしにできることならなんでもするわ」

ヴェネチアは感謝の微笑《びしょう》をうかべて、

「うれしいわ。きっとそういってくださるとおもって、わたし、最初からあなたをあてにしてプランを立てたのよ。もちろん、わたし第一にルネにこのリサイタルを止《や》めるよう、できるだけ説得《せっとく》してみるつもりよ。練習が不足だから、もうすこし待ったほうがいい、とかいろいろなことをいってね。でも、どうしてもあのひとがきかなかったら、わたし、あのひとのいう通りにするわ。でも、そのとき、あんた、ルネのために歌ってくれる？」

こういって、ヴェネチアが、心配そうにアナベルの顔を見た。

「ええ、あなたがそういうなら、わたし歌うわ。でも、……さあ、ヴェネチアさん、それは希望のないプランじゃない？　聴衆《ちょうしゅう》がだまってきいていないわよ。ルネがいまの調子で演奏したら、ものすごい騒ぎになることよ」

「わたしはそうは思わないわ。ルネのファンはルネを愛してるわ。わたしはその愛にたよろうと思うの。どっちにしても、わたし、この冒険《ぼうけん》をやってみるつもり！」

と、ヴェネチアがジッと友だちの目を見ながらいった。

「でも不愉快《ふゆかい》な場面ができあがるんじゃないかしら」

と、アナベルは、もういっぺん警告してみたが、

「わたし冒険《ぼうけん》してみるわ」

と、ヴェネチアはつよくくりかえすのだった。

アナベルはおどろいた目で、しげしげとヴェネチアを見た。

彼女はいつも、ヴェネチアを内気《うちき》で、すべてにひかえ目で、目立《めだ》つことをするのが大嫌《だいきら》いな女だと思っていた。ことに、衝突《しょうとつ》とか争いとかいう不愉快《ふゆかい》な事件なら、だれよりもさきに避《さ》けるひとだと考えていた。ところが、今度は、どんな大胆《だいたん》な人でも尻込《しりこ》みしそうなことを、じぶんから進んで平然とやろうというのだ。

そこで、アナベルはせいいっぱい、友情をこめたやさしい声で、ヴェネチアにいった。

「ねえ、ヴェネチアさん。あんたは不平のある聴衆《ちょうしゅう》が、どんないやなものだか知らないんじゃないの？　聴衆ってものは、はらったお金だけのものはどうあってもきこうとするものよ。そうでないと、まるで、うえた野獣《やじゅう》のようになってしまうのよ。あんたに、それだけのことに耐《た》える神経があるかしら？」

「ルネのためなら、どんなことにでも耐《た》えるわ」

「でも、騒動《そうどう》が起《お》こったら、ルネはどうするでしょう? あの人はそのわけを知りたがりやしない?」

「大丈夫《だいじょうぶ》よ。あの人は自分ではチャンと弾《ひ》いてると思ってるんですもの。猫か犬がさわぐぐらいにしか感じやしないわ。だれか、自分の芸術上の敵のまわし者が妨害《ぼうがい》しているんだと思うだけだわ」

アナベルは、あきらめたような身ぶりをして、

「あんたがそこまでいうなら、わたし、もうなんにもいわないわ」

と、ヴェネチアにいった。

とにかくヴェネチアは、最後までアナベルのことばをききいれなかった。また、それと同様にルネもいくらヴェネチアが説《と》いても、リサイタルの延期案《えんきあん》に同意しなかった。帰還記念《きかんきねん》のリサイタルを、もうすこし、適当《てきとう》な時期までのばすようにヴェネチアがすすめるまえに、かれはすでに、会場を契約し、あらゆる新聞に広告をおくっていた。

新聞広告がでると、前売切符《まえうりきっぷ》は飛ぶようにうれた。一週間以内に坐席《させき》は大半売り切れになった。ルネは、もう中学生のようなよろこびかたで、ただもうはつらつとしていた。演奏の日が近づくにつれ、かれにはいよいよ意気軒昂《いきけんこう》たるものがあった。

そのあいだ、ヴェネチアは、毎日二十四時間ぶっとおしの心の苦しみを味《あじわ》いつつあった。

しかし、ヴェネチアはあらゆる策術《さくじゅう》と哀願《あいがん》とをつくして、演奏会開催の日までは、どこでも誰にでも、演奏をしてきかせないことを夫に約束させた。だから、アナベルとヴェネチアのふたりのほかには、かれのどんな親友でも、ルネの目下の病気の症状など、だれひとり知る者はなかった。

アナベルはけなげにも、演奏会で歌うことを承諾《しょうだく》したが、心中《しんちゅう》、ゆくての地平線上《ちへいせんじょう》に、わずかな光明《こうみょう》をさえ見ることができず、ときどきため息をついて、

「ねえ、ヴェネチアさん。どうせ、わたしたちは大失敗にぶつかるにきまってるんだから、いっそ今のうち、ルネにほんとのことをうちあけて、その結果をみんなで心配してあげたほうがいいんじゃない？」

と、すすめたが、ヴェネチアは毅然《きぜん》として、

「いいえ。軍医さんは明日にでもなおるかも知れないといったんだから、音楽会まえになおるチャンスはまだ充分《じゅうぶん》あると思うわ。それに失敗しても失敗しなくても、あのひとに今さらほんとうのこと知らせるなんてかわいそうなこと、わたしにはぜったいできないわ」

と、気強くことわるのであった。

満場立錐《まんじょうりっすい》の余地《よち》もない、聴衆《ちょうしゅう》のさかんな拍手《はくしゅ》をあびながら、アナベルはステージに立った。彼

女が歌った歌は、情熱的《じょうねつてき》にむかえられて終った。満足した聴衆《ちょうしゅう》は、いよいよこれから戦争まえロンドンの名ピアニストだったルネの、久《ひさ》しぶりの演奏をきく期待でしずまっていた。

アナベルが楽屋《がくや》へもどってみると、ルネはさも愉快《ゆかい》そうに、友人と語りあっていた。アナベルの伴奏《ばんそう》をつとめたヴェネチアは、楽屋《がくや》の入口までもどってくると、急にそこできびすをかえした。彼女の顔はまっさおだったが、ふたつの目は、さながら、ゆるがぬ星のようにらんらんとかがやいていた。

そして、ひくい声でアナベルに、

「わたし、これからみんなに話しにゆくのよ」

といった。

あたかもこの時《とき》、会場からはルネの出演を待ちこがれる聴衆《ちょうしゅう》の、あらしのような拍手《はくしゅ》がきこえてきた。

「じゃあ、あんた。ルネに出演を止《や》めさせたの?」

と、アナベルがきいた。

「いいえ。わたし、ルネがステージにでるまえに、みんなに事実をありのままに話そうと思うのよ。わたしが出てしゃべっても、ルネはきっとプログラムの変更《へんこう》の報告《ほうこく》だと思うでしょう。わたしそのつもりに仕組《しく》んだの。ただ、わたしのしゃべってることを、ルネがきかないように、あんた、ごまかしといてちょうだい。おたのみするわ」

なにかおぼろな直感がはたらいたのであろう。友人との話をふとやめたルネは、でてゆこうとする妻に、

「おい！」

と声をかけた。

だが、ヴェネチアはそのままいってしまった。そして、階段をのぼってステージへでていった。満場《まんじょう》の聴衆《ちょうしゅう》にむかったヴェネチアは、ひどくわかわかしく、少女らしく見えた。両手をゆるく前でにぎりしめ、ちいさな頭を心持《こころもち》うしろへそらせたその姿は、追いつめられた敏感《びんかん》な小動物のように見えた。

ひとわたり拍手《はくしゅ》が鳴りわたると、あとには注意ぶかいしずけさが会場を領《りょう》した。と、会場のすみずみまでよくとおる、緊張《きんちょう》したおちついた声で、ヴェネチアは、夫の演奏をききに集まった聴衆《ちょうしゅう》ぜんぶに、ありのままの事実をうちあけた。

「……そういうわけで、夫はひたすらお国のために、皆さんやわたくしのために戦っている間《あいだ》に、天与《てんよ》の才能を失ってしまいました。だがその才能は、いつかまたもどってくるかも知れません。それはわからない事実であります。ただ、わたしにわかっているのは、その天与《てんよ》の才能を失ったことを夫

が知れば、夫はもう全然生きる勇気をうしない、おそらく自殺するだろうということです。

みなさん、どうぞ、このわたくしを助けてはくださいませんでしょうか？　どうか、むかしサージャンが弾《ひ》いたのを聴《き》いているのとおなじ気持で、おなじ態度で、今夜の演奏を聴《き》いてやってくださいませんでしょうか？……」

ヴェネチアがこう語る卒直《そっちょく》なことばには、するどく、ひとびとの胸をつくものがこもっていた。

聴衆《ちょうしゅう》はシーンとしずまりかえってしまった。

かれらの心は、はじめて聞く、意外《いがい》な悲劇のためにかき立てられたままで、まだハッキリした意志を見つけることができなかった。それで黙然《もくぜん》として、どう答えたものか方向に迷《まよ》っていた。それはあまりにまれな、あまりにいたましい事件であった。

ヴェネチアの勇《いさ》ましい演説をきいていたアナベルは、聴衆《ちょうしゅう》が沈黙しているのを見ると、たまらなくなって、じぶんも、つと、ステージのまん中に進み、ヴェネチアのそばに立った。

「わたしたち三人は学校時代からの親友です。どうぞ、この人を助けてくださるよう、わたくしからもおねがいします」

それは、友情の血に染《そ》んだソプラノのうつくしい声であった。アナベルのまつげには、涙《なみだ》の玉がキラキラひかっていた。

と、二階席から、一人の大きな声が、おしのようにだまっていた全聴衆《ぜんちょうしゅう》にかわって叫《さけ》んだ。

「承知《しょうち》した！　引き受けた！　サージャン万才《ばんざい》！」

この発声に全聴衆《ぜんちょうしゅう》の声が和した。それは万雷《ばんらい》のとどろきとなって、天井の梁《はり》も落ちるかとばかり、大きくひびき渡った。

「おい、きいたか！　みんながおれを呼んでるぞ！」

こう叫んで、ステージへの階段をこおどりしてのぼるルネの顔は、恍惚状態《こうこつじょうたい》にちかい喜びにもえていた。かれは会場をゆるがす喝采の前に頭をさげた。その両眼《りょうめ》は涙《なみだ》でいっぱいだった。

——楽屋《がくや》うらではヴェネチアが、まぶたをとじて、力なく壁《かべ》に背をもたせかけていた。彼女の全神経はいまやただひとつの聴覚に集中していた。

ルネはピアノの前に腰をおろした。かれの両手はキイをすべってまず序曲の小節《しょうせつ》を弾《ひ》いた。その瞬《しゅん》間《かん》、聴衆《ちょうしゅう》は耳にはいった信じられない乱調子《らんちょうし》に、ぞっとしたように緊張《きんちょう》し、静まった。が、やがて、かれらは自分たちを信頼して楽屋《がくや》へしりぞいた、かれの妻と友との義務をりっぱにはたして、さかんな拍手《はくしゅ》と、あふれるようなかっさいを演奏者へおくった。

ルネはそれに答えるように、まず重々しく頭をさげて、いよいよ弾奏《だんそう》へと進んだ。かつて、このピアニストを愛し、その演奏を愛した無言の聴衆《ちょうしゅう》にとって、この場の悲痛《ひつう》な光景はまったく見るにしのびなかった。

一見《いっけん》したところ、演奏者はむかしのサージャンとちっとも変《かわ》っていない。心持《こころも》ちあおむいた男らしい顔。ななめに射《さ》しこんだ光線が美しく反射しているそのゆたかな金髪、霊感《れいかん》にもえた夢みがちなその目、――しかも、かつて、あれほどの妙音《みょうおん》をかなでたかれの両手が、いま掻きたてているのは、奇怪《きかい》とも凄惨《せいさん》ともいいようのない不協和音《ふきょうわおん》の洪水《こうずい》なのだ。

と、このとき、突然、おもての通りをひとつかふたつ隔《へだ》てたあたりで、すさまじい大爆音《だいばくおん》が起《おこ》った。そしてそのおしつぶされるような音響《おんきょう》の旋風《せんぷう》で、一切《いっさい》のほかの音をもみけした。会場の大建築は、その震動《しんどう》でぐらぐらとゆれ、窓ガラスはこなごなに飛びちった。

会場の裏手で、女の悲鳴がきこえ、誰かがあわてた声で、

「火事だァ!」

と叫《さけ》んだ。一瞬《いっしゅん》のうちに、全聴衆《ぜんちょうしゅう》は恐怖《きょうふ》にとらえられ、いっせいに椅子《いす》から立ちあがって、出口めがけて殺到《さっとう》しようとした。

ステージのうえのルネはこの大爆音《だいばくおん》の最初の衝撃《しょうげき》で、ピアノの前でおどりあがった。ちょっとの間《あいだ》、かれは立ったなりぐらぐらとゆれながら、両手で耳をおさえていた。頭がいまにも破裂《はれつ》しそうな感じがした。

と、やがて、急にかれの頭の中がさわやかになった。同時に、かれは眼前《がんぜん》の聴衆《ちょうしゅう》が、恐怖《きょうふ》のなだれをつくって出口へ殺到《さっとう》する光景を見、この混乱をすくえるのは、壇上《だんじょう》の自分だけであると気がついた。

ルネは、ステージのはしまで歩みでて、

「おすわりください！　おすわりください！　大丈夫《だいじょうぶ》です。ご心配なことはありません！」

と、叫《さけ》んだ。かれの声はひしめきあう群集《ぐんしゅう》の恐怖《きょうふ》の叫《さけ》びや、うなり声の頭上高く、トランペットのように鳴りわたった。

叫《さけ》びおわると、ルネはすぐピアノの前へもどった。と、つぎの瞬間《しゅんかん》には、こころよいメロディにみち、リズミックな諧調《かいちょう》にゆれる、壮麗な音楽の奔流《ほんりゅう》が全会場をひたした。

押《お》しあい、つかみあう群集《ぐんしゅう》の動きが急にやんだ。まだ、恐怖《きょうふ》からさめきれない多くのあおざめた顔が、ふとあおむいてステージを見ると、かれらは一瞬《いっしゅん》、おどろきにうたれてしまった。

ルネ・サージャンの狂気《きょうき》は全快した。かれはかつて自分たちが知り、かつ愛した霊感的《れいかんてき》ピアニストに、いまたちもどっていた。その奇蹟《きせき》に、聴衆《ちょうしゅう》はただただ、あっけにとられてたたずんでいるだけだった。

やがてけんらんたる音楽が、一糸《いっし》みだれず場内を流れわたるあいだを、聴衆《ちょうしゅう》はひとりずつ、こっ

そりともとの椅子《いす》にもどってきた。だれも考えることはひとつ、

『天才ルネ・サージャンは無事《ぶじ》にかえってきた』

ということであった。

楽屋《がくや》では、つかれきったヴェネチアが、アナベルのやさしくさしのばす腕《うで》に必死にすがりながら、ひとりごとのようにささやいていた。

「ねえ、アナベルさん。やってみてよかったわねえ。もうなんにも、ルネに知らせる必要はなくなったんだから……」

《おわり》

注釈

唐沢俊一

八　**この人、頭がくるってるのじゃないかしら**　自分に親切な人のことをくるってる扱いにするのはひどいと言うものである。

二二　**きれいな油絵のがく**　絵はきれいでないのか？

二二　**見るからにお医者らしい人**　昔の医者はフロックコートに黒いカバンが基本スタイルだった。

二二　**白い長いあごひげ**　と、本文にはあるがさし絵にあごひげはない。ついでに、弁護士の相良もメガネはかけてない。

二四　**きみょうなこと**　まことに奇妙なことである。

二四　**七草の日の、夜七時きっかり**　なにか七の字に執着が？

二七　**このびんぼうな毛糸売りのみなしごむすめ**　そこまで卑下しなくても……。

二七　**きれいな服を来て～なにをして遊ぶのも自由……**　貧乏人の考えるお嬢様のイメージ。

二七　**だまかしだ**　どこの方言か？

二七　**この人たちは、なにかのためにいたずらをして、わたしをだまそうとしているのにちがいない**　まだ「どっきりカメラ」のなかった時代。

二八　**まるで童話みたいですわ**　まるで少女小説みたいですね。

二八　**わたしがここに、あなたの名さえ書きいれれば～財産は、のこらずあなたのものになるのです**　突っこみたくなるでしょう。わかりますわかります。

二一 **その手はひどくつめたく～思わずきみわるさに、ぞっとしました**　直感は正しい。四四ページ参照。

二三 **その気もちがだんだんほがらかになって**　なりますか、ふつう。

二三 **おこづかいは、一月十万円です**　この作品発表当時のサラリーマンの平均給与は八千円。

二六 **（英子が車にひき殺されかけるさし絵）**　ちょっと変わったデッサンの自動車。

二九 **荒子**　変わった名前である。

三三 **いつのまにか～自分で運転してたの**　はるみ、たしかまだ十七のはず……免許は？

三四 **わたし、気をつけてこの病気なおすようにするわ**　そうとは思えないが。

三八 **かわいそうな孤児院へでも、半分きふしようかしらん**　あまりのことに非常識なことを言っている。

三八 **あなたはみなし児で～きふなどはそのあとでいくらでもできます**　今までこの小説に出てきた中で最も常識ある言葉である。

四四 **春美という、世界にふたりとない親友**　二一ページの直感をもう忘れている。

四五 **お骨はもう男爵の故郷の、山口県へ送ってしまった**　明治維新のときの活動で爵位をもらったか？

四六 **両手をあわせ目をつぶって～長いあいだ祈りました**　少女小説の主人公におけるクリスチャン率は非常に高い。

五〇 **むじゃきな英子は～夢にも気がつきませんでした**　むじゃきと言うよりは注意力散漫である。

五一 **殺人狂の医学博士東京病院へ収容さる**　いくらなんでもこの見出しはひどい。

五一 **「……こんど東京病院に収容された馬屋原博士ほど～」**　……と思ったがこの記事のほうがひどい。それにしてもハンニバル・レクターに先がけること五十年！

五四　**春美はそこの門衛のおじいさんに、だいたいどのへんに精神病患者の病室があるかをきいて～そのほうへあるいて行きました**　門衛も止めろよな。

五五　**しんせつなわかい医者**　しんせつなのではなくて間抜けなのである。

五七　**わたしは天の使いです。～人間のすがたになってくだってきた、天の使いです**　天性の女優！

五九　**大木三蔵**　なんでこんな役にフルネーム……。

六六　**あの特別なかぎがなければ、あけられないはずだ**　まだ盗られたことに気がついてない。

七二　**怪人がもっているぼうには、なにか強い電流のようなものが、通じているにちがいないと思いました**

読者への解説役までつとめる律儀な英子。それにしても電気ショック警棒をこの時代に予見するとはＳＦなみ。

七四　**むじゃきな英子は～ぜんぜん気がつかなかったのでした**　だから、それはむじゃきというのではなくて……。

七五　**顔色がつやつやしくて、とてもわかくきれいに見えました**　英子、美形好みか？

七七　**千万長者**　「億万長者」はまだこの時代、定着していなかった。この本の刊行の二年後、市川崑の映画『億万長者』が公開され、認知された。

七七　**アメリカかパリ**　「アメリカかフランス」ではなくて「アメリカかパリ」というのは何故？

八一　**警察ではそのむすめを、今、さがしているそうですよ**　春美、ピンチでは？

八二　**あれは、かってなところで食べ、かってにねたりおきたり、出たりはいったりするでしょう**　あまりにいいかげんな……。

八五　**英子はだんだん相良弁護士がきらいになってきました**　暗示にかかりやすい英子……。

八八　**こんどは、芳おばさんのいうことが正しくて、春美のいったことがあてにならないようにも思われてきました**　主体性なさすぎ。

八九　**あの石神って人は、きっと、もと身分のよかったひとですよ**　芳おばさん鋭いかも！

九三　**だからわたしは、お金がほしくても、おまえにはいえないんだよ**　言ってる、言ってる、言ってるよ！

一〇一　**英子ちゃんをつき落としたら**　殺そうという人間に「ちゃん」をつけるのが怖い……。

一〇六　**いいわよ、～あんたのせわにはならないわよ**　次第に春美に影響を受けている英子。

一一一　**電線のむこうから**　ユニークな表現である。

一一七　**すばやくとびあがり～じぶんのからだが見えないようにしてしまいました**　忍者の素養もあるのか、春美。

一三〇　**この世に生きてはいないぞ**　「ぞ」ってねえ……。

一四八　**だれかしんせつなひとがとびこんできて**　しんせつなひとは無断で人の家に飛び込んできていいのか？

一五九　**そう考えると**　確かめなよ、ねえ。

一六八　**わたしのおじさんに～（ヘビやのおじさん）と呼ばれている人があるの**　日常的にこういうことを言い出す女もめずらしい。

一六八　**赤羽**　赤羽には二十年くらい前までにほんとうに蛇屋という店があった。レストランだったが。

一七一　**きちんとしたせびろの服をきた銀行の人が、ペコペコおじぎをして**　どうも西条先生の金の権威の表現は気になるのである。

一七三　**秋子**　マリヤ・遊佐の本名は秋子！

一七六　きゅうにこんな気持になったのは、春美が心からの悪人ではないしょうこでした　そうかあ？

一八二　まるで電気じかけのようにすばやく　伏線か？

一八二　ぬらぬらした、いやらしいヘビのはだざわり　ヘビはぬらぬらしていません。

一九一　つくりものの大蛇を、なんびきも、ぜんまいじかけや、電気じかけでこしらえさせました　簡単にそんなものを、どこで？

一九二　ほそびきでしばって、すみにころがしておいたのです　ころがされてしまう秋子もあわれ。

一九六　いままでの石神のすがたは、けむりのように消えてなくなり、そこには、ひとりの品のいい老人の姿がたっていました　怪人二十面相もびっくり。

一九六　だれにも死んだと見せかけておいて～石神作三という男にばけていたのじゃ　向井男爵って何者であろうか？

解説　少女小説爛熟期の収穫

唐沢　俊一

やられた、と思った。

たかが少女小説だと思って、頭から馬鹿にして読んでかかった私は、そのラストで
「ええっ」

と叫んでしまった。ミステリにおける作者と読者の対決という点では、完全な敗北である。

トリック自体はさして目新しかったり、複雑だったりするわけではない。手がかりだって、作中のあちこちに散りばめられている。いっぱしのミステリ通だと自認していた私がこの『人食いバラ』で、作者の仕掛けたワナに見事引っかかり、たぶん、リアルタイムでこの小説を読んだ少女たちと同じく、最後の部分でアッと叫んでしまったのは、ひとえに、この小説の大ワクが、お涙頂戴の少女小説のいつものパターンだと、思いこませられていた、その一点にかかっている。

……自己紹介が遅れたが、私はこのゆまに書房の『カラサワ・コレクション』シリーズの監修に当

たっている、唐沢俊一という物書きであります。

名前でおわかりの通り、れっきとした男の子であり、しかも、いい歳をしたおじさんである。その私が、いったいどうして、少女小説などというものをコレクションし、しかも、今回、そのささやかな蔵書の一部を復刻して、みなさまに読んでいただこうなどと思いついたのか。

その、おおもとのきっかけというのが、忘れもしない一九七八年（もう二十五年以上も前の話だ）、神田神保町の小宮山書店という古本屋の店先で、雑本として一冊五〇〇円で売られていた、この西条八十の『人食いバラ』に出会ったことにあったのである。

少女小説そのものは、小学校時代、学校の図書室にあった偕成社やポプラ社版のものを、他の本～海野十三の子供向けＳＦ（空想科学小説）や、江戸川乱歩の少年探偵団シリーズなどと一緒に、面白いものもそうでないものもとりまぜてむさぼり読んでいた。ただ、それは、年齢的に一番読書意欲のさかんな、何でも読んでみたい時期であったからで、それが好きだったかとか、面白かったかと言われると、さしてそんなこともなかったように覚えている。私の小学生時代と言えば昭和四十年代後半だが、その時代ですでに、少女小説に描かれていた、貧しいが純真で、けなげで、かよわくとも美しく、困難にあってもくじけずに、清らかな心を持ち続け、最後にはハッピーエンドを迎えるといった、そういう少女たちの姿は、古くさいものとして映っていたのである。

にもかかわらず、すでに二十歳になっていた私がその店頭でこの『人食いバラ』を手にとったのは、そのタイトルがなかなかおどろおどろしく、私の好みに合ったのと、西条八十という作者名が興味を引いたからであった。日本を代表する叙情詩人である八十は、また通俗少年少女もの作家としても健筆をふるい、昭和二十年代から三十年代にかけて、『少女クラブ』『少女の友』『女学生の友』『おもしろブック』などに、少年探偵もの、少女探偵ものを書きまくっていた。私も学校図書館で、八十の『荒野《あれの》の少女』『級《クラス》の明星』などといった作品を読んだことがあったが、ミステリものはうわさにのみ聞いていて、実物を見たのはこれが初めてであった。

書店の店先で冒頭部分をパラパラと読むと、子供のいない大金持ちの老人が、見も知らぬ貧しい毛糸玉売りの少女に、いきなり全財産を譲るというシーンが出てきて、私は苦笑した。まさにこれこそ、少女小説らしい荒唐無稽さのあらわれである。まあ、そういう現実味のない夢物語を読んでみるのも、たまにはいい暇つぶしになるだろう……。そんな風な思いで私はその本を買い、家に帰る電車の中で読み始めた。

やがてストーリィは進展し、主人公・英子をうらみに思う美少女・春美の登場、そして彼女がおそるべき病の持ち主であることがわかり、その魔の手が英子に次々に伸びてくるというあたりの場面になる。売れっ子作家であったのもむべなるかな、と思わせる西条八十の筆の運びに、私はつい、時間のたつのを忘れて、ページをめくり続けた。そして、赤羽の『へびや』に英子が連れ込まれ、閉じこめられるあたりで、ふと、顔を本のページから上げると、ちょうど電車は私の降りる駅に停まったところだった。あわてて飛び降りたが、もう、この話のラストが気になって仕方がない。下宿に帰るまでの時間を待つことが出来ず、駅前の喫茶店に飛び込んで、とうとう、そこで最後まで読み通してしまった。そして、そのラストでこれまでの謎が解き明かされる部分を読み、冒頭に記した如く、

「ええっ」

と叫んでしまったのであった。

繰り返すが、トリックとして、この作品のそれは大胆ではあっても、決してわかりにくいものではない。私がこれにひっかかったのは、一にかかって、それまで知っていた少女小説のパターンというものが頭にあり、この小説も畢竟《ひっきょう》、そういう類のものだろう、というあなどりがあったためである。おそらく、この小説を、ある程度の年齢になってからお読みになる他の皆さんにも言えることだろう。小説を読み慣れたような人ほど、この作品のトリックにはひっかかりやすいのではないかと思う。また、この作品は、戦後すぐからの少女小説の一大ブームがそろそろ変革期に入りかけて、ミステリやスリラーといった分野に少女小説が進出しはじめた時期に発表されている。読者の多くは、この作品に出会う以前に、かなりの量の少女小説に触れているということが前提として執筆され、その黄金律

とも言えるパターンを自由に利用してストーリィを進行させている。それだから、全体の三分の一以降の、急転直下の展開が、読者にはむちゃくちゃに意外かつ新鮮に感じられる。つまり、作者～それまでも数多く、お涙ものの典型的作品を書いてきた人物～は、それら全ての、いわゆる少女小説のパターン自体を、トリックを隠す、ミステリの世界でいわゆるミステフィケーション（韜晦）の手法として用いていたことになる。これは、少女小説というジャンル自体の爛熟をまんまと利用したという、ミステリの歴史の中でも滅多にない、大がかりなトリックとは言えないだろうか……。

それは冗談にしろ、この作品に出会ったことがきっかけで、私は再び少女小説の世界というものに興味を持ち、それらを集め出そう、もう一度、散逸してしまったこれらの作品の価値を見直してみよう、という意識にかられたのである。私の読書歴の中でも、大きな転換点に位置する作品なのである。

それにしても、いまこうやって復刻するに当たって読み返してみても、八十の読者に仕掛けたトリックは見事なものである。謎の男の正体ばかりか、作品の主人公自体が、実は……という種あかしなど、今の目でみてなお、斬新と言える。勧善懲悪一辺倒であった少年探偵ものに比べ、ここに登場する悪の少女、春美の、殺人衝動にかられてのこととはいえ、胸のすくような活躍の魅力的なことはどうだろう。まるで二十面相のような変装術から、忍者のような忍び込み術、人を食った演技力、殺人狂の怪人をもやすやすとだまして自在に扱ってしまうカリスマ性など、リアルタイムでこの作品を読んだ読者はあくまで善良な少女である英子の方に心を重ね合わせつつも、その一方で、春美の悪事に心をときめかせることを、いくばくかの罪悪感と共に、ワクワクしながら楽しんだことだろう。この作品を、一九九五年に、『美少女の逆襲』という本の中で紹介したことがあったが、その本を『刑事犬カール』『おくさまは18歳』をはじめとする、少女向けドラマ作品を多く演出した湯浅憲明監督にお見せしたところ、監督は、

「……この作品（『人食いバラ』）は是非、映画化したいねえ」

と、目を輝かせておっしゃっていた。湯浅氏は、作品のヒットの必要条件として、常に〝現代性〟ということを挙げておられる方である。この作品自体は、一九五八（昭和三十八年）に『少女クラブ』に一年間にわたり連載された作品であるが、それが四十年近くの年月が立ってなお、現代性を持ってドラマ化できるほどの新鮮味を持っていたのである。西条八十の感覚の、先駆性がよくわかるエピソードではないだろうか。

もちろん、英子の方もまた、少女小説の主人公として、現代の小説の主人公が失ってしまった、さまざまな特質（もちろん、美点である）を持っている。貧しい身に突然、夢のような大金が入ってきてもなお、純粋な美しい心を捨てず、孤児院にそれを半分寄付しようか、などと浮世離れしたことを言い出すような人格は、現代の汚れた心の小説の中ではいささか病んだ心を表す場合くらいにしか使

わない（使えない）だろう。しかし、彼女はもちろん正気だし、そういう思考法をとることこそが、少女小説というものの主人公であることの、なによりも大事な条件であったのだ。悪の少女春美は確かに魅力的だが、その魅力はあくまでも、天使の化身のような、この英子との対比によって光るのである。

英子のような汚れない心も持ち得ず、悪に走ったからといって、春美のようなスタイリッシュさも持ち得ない現代の少女たちに、ぜひ、私は『人食いバラ』を読んでもらいたい。クラシックな少女小説のパターンの中に、これだけ斬新な対立項を持ち込み、読者をアッと言わせ、そして見事なハッピーエンドで話をまとめている、その見事さ。娯楽小説を読む楽しみの全ては、この作品の中に含まれているのである。それは、少女小説ジャンルの爛熟を示す、一編の収穫なのである。

※このシリーズでは毎回付録に一編、少女小説の発展形である少女漫画を採録しているが、今回は昭和四十年代のミステリ風作品をお届けする。人魚という、女の子にとってロマンチックな存在であるものを冷酷な計画殺人のネタに使うなど、少女たちはただお涙をありがたがっていただけではなく、こういうスリラーもちゃんと受け入れていたことを示す作品である。作品選定は唐沢俊一が、構成・解説（ツッコミ）は貸本少女漫画復刻活動を長年行っている、ソルボンヌK子が担当した。

巻末
デラックスふろく

ソルボンヌK子の 貸本少女漫画劇場

妙になつかしいバラの描き方です
やあ 美也子《みやこ》……
童顔をごまかすためのヒゲ。
おじさま こんにちは
よく きたね 美也子《みやこ》
そういうやつ、二人ぐらい知り合いにいます
こんないなかじゃおもしろくなかろうがゆっくり遊《あそ》んで行《い》きなさい
ありがとう おじさま
おじさま 人魚《にんぎょ》って ほんとに いるのかしら
巨大な手が目から飛び出しているように見えるんですが…
人魚《にんぎょ》なんて この世《よ》の 中《なか》にはいないよ
あの絵《え》……

ほんとに 人魚《にんぎょ》が いきてる みたい
あの絵《え》には 何《なに》かいわれ があるみ たい……
そ、そんな ものは ないよ!
ただの かざりさ
根木《ねぎ》です
先生《せんせい》 しんさつの 時間《じかん》で すが
うむ そうか
ヒタ ヒタ ヒタ ヒタ
はっ?!
な、なんの音《おと》 かしら……

おそらく、このマンガが、地上を動きまわる人魚を描いた最初の作品だろう。
そして最後の作品かも。

う…う〜ん
この表情、
どう解釈して
いいか
わからん〜〜

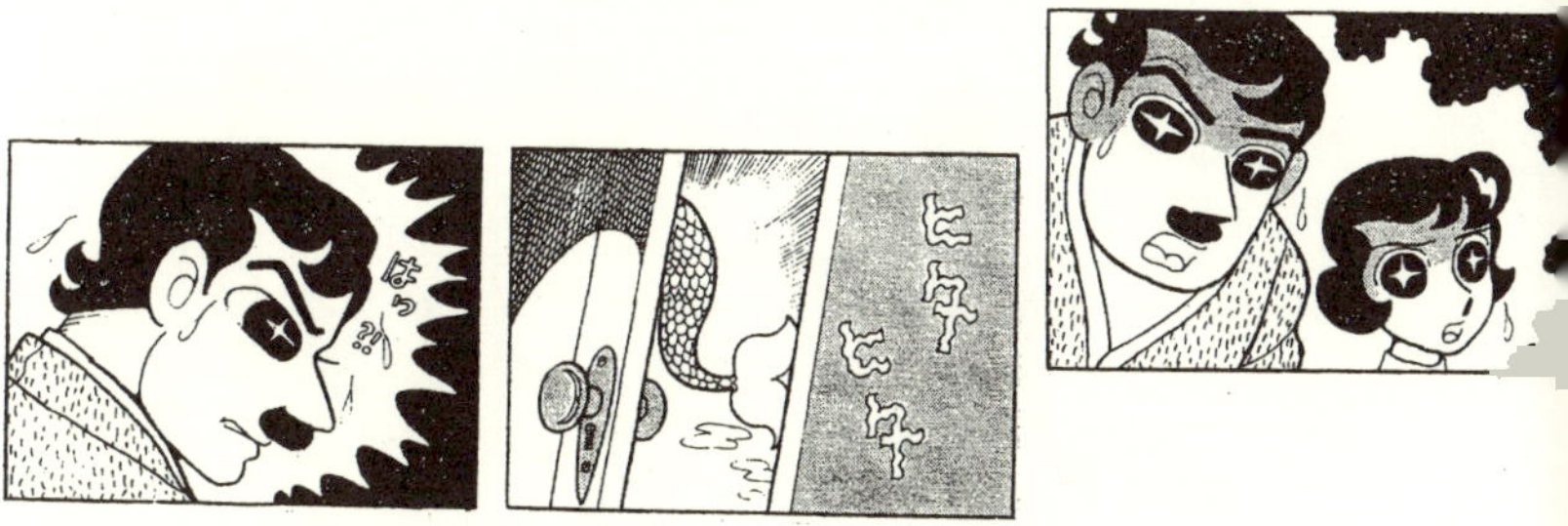

◎固めてあるのね、ワカメヘア

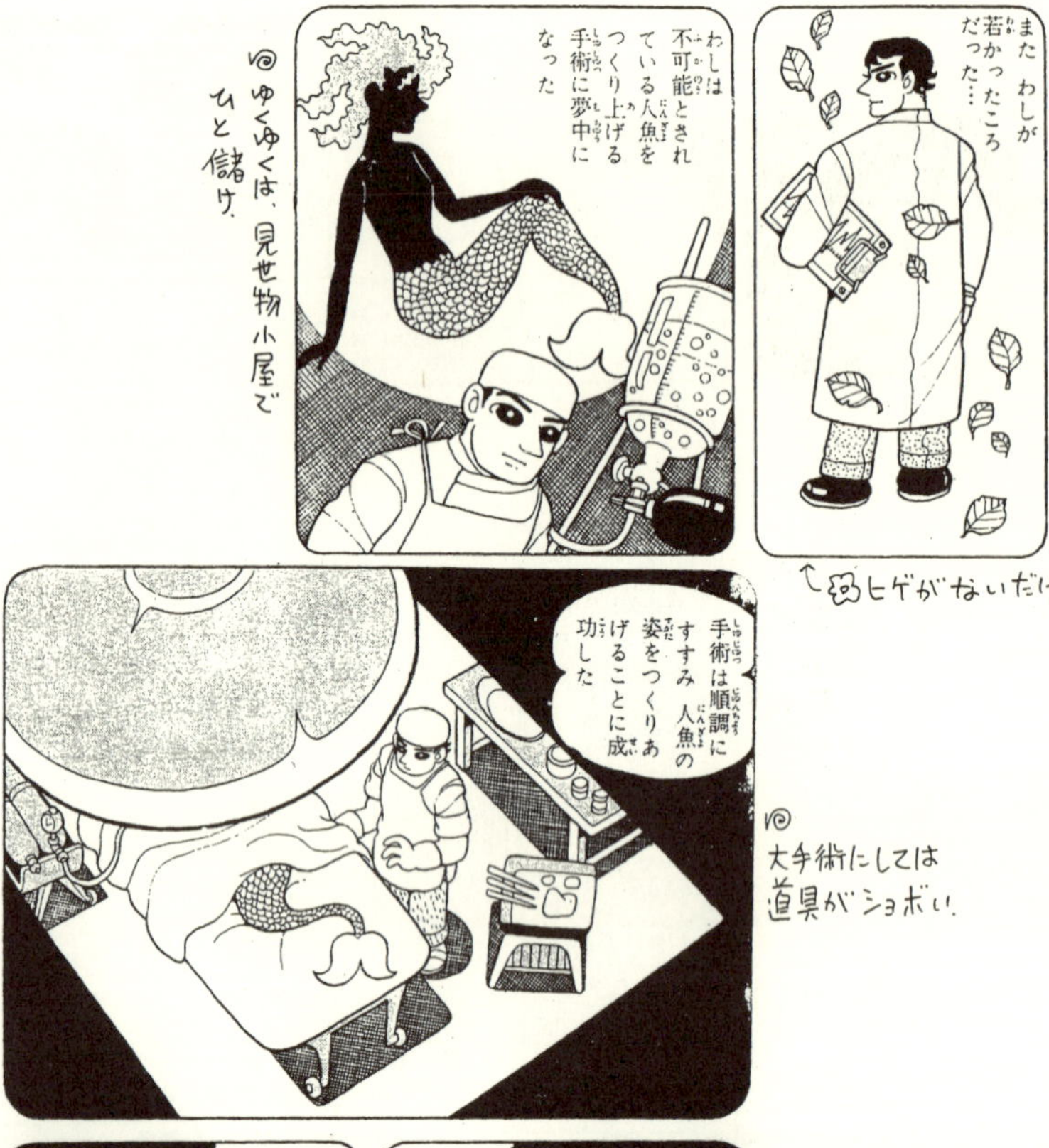
ところが人魚《にんぎょ》は呼吸《こきゅう》をすることができなかった
手術《しゅじゅつ》は失敗《しっぱい》に終《お》わってしまったのだ
しょせんは不可能《ふかのう》な手術《しゅじゅつ》だったのだ
わしははじめてこの手術《しゅじゅつ》の罪深《つみぶか》いことに気《き》づいた

ゆくゆくは、見世物小屋でひと儲け。

ヒゲがないだけ

大手術にしては道具がショボい。

人魚の元にされた人間はだれですか？

わしはとうとい人命《じんめい》をうばってしまった
こうかいしつつ人魚《にんぎょ》の死《し》がいをからす沼《ぬま》にしずめた…
とってつけたような十字架
まあ…そんなことがあったの
殺人やんけ!!
その死《し》んだはずの人魚《にんぎょ》がわしのところへあらわれるとは……
コラ！自首せんかい！
生きかえったのだろうか？……
ってしらべればわかるだろう
はっ
ヒタ ヒタ ヒタ
う……また出《で》たな

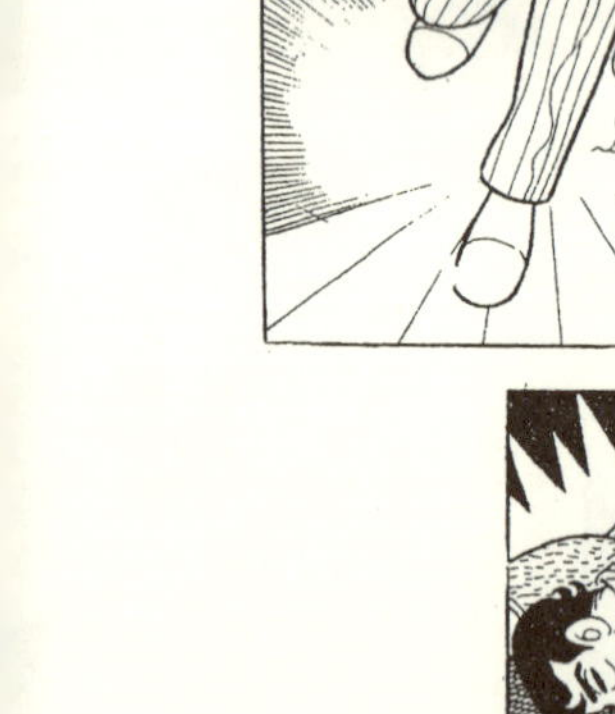

← ⑩
臨終のことば。
ちょっとマヌケです。

↑ こんな軽装備で沼にダイブしてはいけません!

ナイフはどこに
かくし持ってたのでしょう
しっぽにポッケがあるとか
…ハッ! このページの
人魚のウロコ、逆です〜

◎人間だった？
さっき水中でしゃべっていたけど…

◎天パー兄妹

◎ふつうそこまで考えつきません

◎自分の妹にこんな恥ずかしい恰好をさせたのか、最低の兄キだよ、あんたは！

◎→警察をなめてはいけない。

↖◎ またまた手が巨大。

ややめてにいさん!!
うっ
し、しまった!!
ネクタイというより大根。
私はツチノコだと思ってました。
に、にいさん……もうこんなたくらみはやめて……
さ、さち子……うう……
おわり
つらかったんだろうねえ…人魚役。
次号予告
第五回《だいかい》は「ゆうれい屋敷《やしき》」です
ご期待下《きたいくだ》さい

刊行付記

・本書の底本は『人食いバラ』（昭和二九年　偕成社）を使用しました。

・初出誌は「人食いバラ」が昭和二八年一月～一二月の『少女クラブ』、「狂える演奏会」が昭和二四年一月の『蠟人形』です。

・本文の校訂にあたっては、適宜初出誌を参考にしました。

・本書のなかに、人権擁護の見地から、今日使用することが好ましくない表現がございますが、作品の書かれた時代背景に鑑み、そのままにしました。

・ふろくまんが「仮面の部屋」の作者中西みちお氏のご連絡先についてお心当たりの方は、ゆまに書房編集部までご一報いただければ幸甚です。

（ゆまに書房編集部）

監修者紹介

唐沢俊一（からさわ・しゅんいち）

1958年北海道札幌市生まれ。作家、大衆文化評論家。近年はテレビ番組『トリビアの泉』（フジテレビ系列）のスーパーバイザーも務める。著書に『脳天気教養図鑑』（幻冬社文庫、唐沢なをきとの共著）、『古本マニア雑学ノート』（ダイヤモンド社・幻冬社文庫）、『トンデモ一行知識の世界』（大和書房・ちくま文庫）、『すごいけど変な人×13』（サンマーク出版、ソルボンヌK子との共著）、『壁際の名言』（海拓社）、『裏モノ日記』（アスペクト）などがある。1995年に刊行された少女小説評論『美少女の逆襲』は、近々ちくま文庫より増補改訂版が刊行される予定。

人食《ひとく》いバラ

少女小説傑作選
カラサワ・コレクション①

2003年11月1日　初版第一刷発行

著　者　西条八十《さいじょうやそ》
監　修　唐沢俊一《からさわしゅんいち》
漫画監修　ソルボンヌK子

発行所　株式会社ゆまに書房
〒101-0047
東京都千代田区内神田2-7-6
電話　03(5296)0491(営業部)
03(5296)0492(編集部)
FAX.　03(5296)0493

発行者　荒井秀夫

印刷
製本　第二整版印刷

ISBN4-8433-0734-3 C0393

落丁・乱丁本はお取替いたします。
定価はカバー・帯に表示してあります。